俺たちリアル中二病患者

―― カンニング大作戦 ――

川上　栄二

目次

第一章　酔っぱらい母ちゃん

俺は小島慎二《こじましんじ》、中学二年生だ。今日、一学期の中間テストの結果が発表されたんだけど、俺の数学の点数は六十点だった。

担任の美佳《みか》先生が言うには、六十点はもっと頑張らなくてはいけない点数なんだそうだ。でも、俺としては精一杯だった。大体、『向かい合った角Aと角Bの対頂角同士がどちらも同じ大きさであることを証明しろ』なんていう変な問題が出たんだ。対頂角同士が同じ大きさなのは見れば分かるじゃないか。だから、俺は『見れば分かる』と解答した。そうしたらバツをつけられた。それなのに、教科書のまねをして答えを書いただけの他の連中は丸をもらった。ずるいじゃないか。

だったら、お前も教科書のまねをすれば良かったのに、とみんな思うだろ。でも、それが簡単にできたら苦労はしないよ。……でも、これって屁理屈かなあ。ああ、俺の将来はどうなるんだろう。

俺はアパートの二階にある自分の家に帰ると、母ちゃんにテストを見せてぼやいてみた。

「俺、数学ができない。数学ができないと人生で苦労するらしいよ。俺の将来は真っ暗だ。もしかすると社会の役に立てないかもしれない。どうしたらいいだろう」

でも、母ちゃんは俺の六十点のテストを見ても平然としていた。この前、四十五点のテストを見せても怒らなかったんだから当たり前かもしれない。母ちゃんは表情を変えずにこんなことを言うんだ。

「そんなこと慎二《しんじ》は心配しなくていいの。世の中には勉強ができる人はちゃんといるから、大人になったらあんたはその人たちのやることの手伝いをしていれば、世の中はちゃんと動くの。だから、まだ中学二年のあんたがそこまで心配しなくてもいいの。気楽にやっていいのよ。大丈夫。さあ、ビールでも飲みながらプロ野球を見よう。」

母ちゃんはそれだけ言うと、テレビをつけて発泡酒の缶を開けた。母ちゃんは何かと理由を見つけては、やたらと発泡酒を飲むんだ。つまみも食べるからカロリーの取り過ぎだ。だから母ちゃんは俺の小さい頃から太っていた。

「まだ明るいのに酒飲みかよ」

俺は呆れた振りをして母ちゃんに言った。これはいつものことだ。母ちゃんは一日何回かは理由を作って発泡酒の缶を開ける。そして、いつも俺は呆れる振りをする。そして、いつも母ちゃんは俺を無視して飲み続ける。こんな風にいつも繰り返して起きることを大人は風物詩っていうらしい。いや、ちょっと違うかな。年中行事っていうんだっけ？

とにかく、俺は母ちゃんの言葉で気が楽になった。成績が悪くても気楽にやってれば人生は何とかなるらしい。家の父ちゃんと母ちゃんがその証拠なんだろう。安心した。じゃあ、遊ぼう。

「母ちゃんの言う通りなら、ゲームをいくらやっても将来困ることはないんだね。だったら、ゲームをやるぞ」

俺は母ちゃんに言って、ゲーム機を取り出した。家にはテレビに繋いで使うゲーム機しかない。でも、俺がゲームをしようとしても、母ちゃんが野球を見るのにテレビを使っていたからすぐにゲームはできなかった。家にはテレビは一台しかないんだ。友達の中にはゲーム用に自分専用のテレビを持っている奴もいるというのに、家には一台きりだ。俺は思った。(あ、貧乏はつらい。気楽にやってれば何とかなると母ちゃんは言うけど、父ちゃん母ちゃんが気楽にやってるせいで、やっぱり俺は貧乏じゃないか)

「母ちゃん、翔太《しょうた》君に借りてきたゲームをやるからテレビ貸せよ」

俺は母ちゃんに迫ってみたが、母ちゃんは、

「翔太って、この前遊びに来たあのサッカー部の子か。親切なんだな。でも、今はテレビは貸せない。今日はピッチャーがモー君だからモー君を見るの」

と言って、許してくれない。モー君というのは天然ファルコンズというプ

ロ野球チームの本山《もとやま》という若いピッチャーのことだ。母ちゃんは『若くて格好いい』と、この選手に夢中なんだ。しかし、俺はゲームをしたかったので頭にきた。

「ちぇっ。家もテレビをもう一台買おうよ。他の家ではみんなテレビを二台以上持ってるぞ。けちけちすんな」

俺がこう言うと母ちゃんは怒った。母ちゃんは、けちと言われるのが嫌いなんだ。もしかすると本当は母ちゃんは家が貧乏なのを分かっていて、そこを突かれると頭に血が上るのかもしれない。その上、今はアルコールで血の巡りが良くなり過ぎている。母ちゃんは顔を真っ赤にして怒った。

「うるさい！衣食住を全部世話してもらっているくせに、その全部の金を出している親に向かってけちとは何だ！文句があるなら家出して一人で生きてみろ！いつ出て行っても構わないんだぞ！」

ここで俺はこの真っ赤になった酔っぱらいの勢いを受け流すために、冷静に話しかけた。こういうのを自己主張っていうのかな。だとすると格好いい。

「俺はゲームがしたいだけなんだよ」

俺が冷静に話したら、母ちゃんも静かな声で返事をした。

「ゲームなんてしなくても生きていけるから大丈夫です。しなくてもいいよ」

「でも、俺はどうしてもゲームがしたいんです」

頭にきたけど、なおも、俺は冷静な振りをして主張した。すると母ちゃんも冷静を装って主張した。

「そうはいっても、野球は今行われているものを見るから面白いのです。ゲームは後からでもできるでしょ。それよりあなたは宿題はないのですか？」

痛い所を突かれた。宿題は山ほどあった。

「宿題はあります」

俺が正直に答えると、母ちゃんは勝ち誇った顔になった。

「それならば私の勝ちだ。ワッハッハッハッハ。お前は宿題をしてからゲームをするしかないのだ。それがお前の運命なのだ」

くそっ。愛する我が子にこんな言い方をするなんてなんという親だ。悔しいので、俺は母ちゃんが今さぼっているかもしれないことを鋭く指摘してみた。

「分かったよ。宿題をするよ。でも母ちゃん、晩飯の支度をしなくていいのか」

でも、母ちゃんは慌てず騒がずこんなことを言うんだ。

「心配はいらぬ。時間が来たら冷凍食品をチンしてやる。空腹の心配などせず、お前は勉強に励めば良いのだ。……できるだけ、ゆっくりやっていいよ」

最後の『できるだけ、ゆっくりやっていいよ』の所はとても優しく囁《ささや》いてくれた。

くそう。俺の家では勉強は子供からテレビを取り上げる口実に使われているだけなのか。ああ、俺はこんな家でなくて、もっと金持ちの家に生まれたかった。なんてことを少し思ったが、違う家に生まれたら、俺は今の自分じゃない別な人間になってしまう。やっぱり俺はこの自分がいい。

仕方ない。宿題をしよう。俺はリビングのテーブルに教科書とノートを広げた。数学の宿題はテストの間違った所を直せばいいんだ。

向かい合った対頂角同士が同じ大きさであることの証明法は教科書を見たらすぐに分かった。何と、小学校の復習問題じゃないか。でも、俺はこれを覚えれば角について理解したことになるということが信用できなかった。まず、直線を角とみると平角といって百八十度の角になるという理由がよく分からない。何で百八十度にしないといけないんだ？二百度にした方がいろんな計算が簡単だし、直角がちょうど百度になるからきりがいいじゃないか。授業中にそんなことや、なぜか旨いピザのことばかり考えていて俺はこの証明法を覚えなかった。大体、こんな証明なんて小学生レベルなんだから、いちいちテストに出す必要はないと思うぞ。

数学のテストの直しはすぐに終わった。次は漢字の練習だ。中学二年生ともなると、漢字は画数の多いものを覚えなくてはならなくなる。俺は十画以上の漢字を書くと頭が痛くなる。何でこんな複雑な図形を覚えなくてはならないんだと叫びたくなる。

何でも、中華人民共和国では複雑な漢字をなくして簡体字という画数の少ない漢字を使っているそうだ。複雑な漢字は人民が覚えるには大変だという理由らしいけど、それだったらもっと昔から簡体字にすれば良かったのに、と思う。

ええと、宿題をしながら何を考えているんだろう。俺が言いたいのは、日本も漢字は簡体字にして、人民や中学生の苦労を減らして欲しいということだ。偉いお役人様、何とかしてちょうだい！

そんなことを考えながら俺は手を動かし続け、三十分かけてやっと宿題を終わらせた。

しかし、母ちゃんはまだ野球中継を見続けている。野球が三十分で終わる訳ないよな。でも、俺は母ちゃんに一応声をかけてみた。

「宿題終わったよ。ゲームやっていい？」

すると、想定外の答えが返ってきた。

「そうかい。じゃあ、三十分だけやっていいよ」

酔っぱらいのくせに物分かりがいいじゃないか。俺はすぐにゲーム機のスイッチを入れた。それと同時に、母ちゃんは台所に立ってなにやら始めた。なあんだ、夕食の準備をする間だけ俺にゲームをやらせる気なんだ。それでも、まじめに主婦の仕事をするなんて、酔っぱらいにしては偉い。さっき言ってた『冷凍食品をレンジでチンしてやる』はふざけて言ってただけみたいだ。

俺の始めたゲームは魔物や怪物などと戦いながらお姫様を守ってお城まで連れて行くゲームだ。『頭と反射神経の両方を同時に使う高度な能力を必要とするゲーム』だとテレビ・コマーシャルでは言っていたが、俺はすいすいと危機をクリアしていった。すると俺は高度な能力を持ってるということになるんだよな。なんて俺は凄いんだろう！

それにしても、この姫様は同じクラスの女子の小松島綺羅《こまつしまきら》に似ている。綺羅って、最近はこういうきらきらした名前がはやってんだな。あ、綺羅を思い出したからといって、別に俺が綺羅を好きという訳じゃないぞ。姫様と綺羅が似ているという事実があるだけで、それを言っているだけだ。

俺様はたった十二分間で綺羅、でなくて姫を第一の城の王の前に連れて行くのに成功した。しかし、まだ先は長い。城は十八もあるし（ゴルフかよ！）前へ進めば進むほど敵は強くなり、困難は増えていくのだ。つまり、第一の城は練習程度の難しさなんだ。言ってみれば、これはゲームを作ったプログラマーのサービスで小学一年生でもクリアできるように簡単にできているんだな。まあ、そうしておかないとゲームは売れないだろうし。

さあ、第二の城を目指そう。俺に残された時間は十八分間しかない。俺の目の前の画面には分かれ道が映っている。右は森へと続いている。左は湖のそばを通るみたいだ。どちらを選ぶかで俺と綺羅、でなくて姫の運命は変わるのだ。先がどうなっているのか分からないのにどちらかを選ばなくてはならない。こういうのを人生の究極の選択っていうんだろうな。

俺は湖のそばの道を選んだ。周りが開けていて、深い森の中を進むより気持ち良さそうだったからだ。良い景色の道を姫を守って悪と戦いながら進むというカッコいい展開が俺を待っているに違いないと思った。

しかし、湖のそばを少し進んだ時、水の中から突然竜が飛び出してきて姫をつかむと空へ飛び去ってしまったではないか。俺は全速力で走って追いかけ、ビーム・ライフルで攻撃したが、竜には当たらず、竜は空のかなたに消えて行った。終わった。俺の夢は竜に奪われてしまった。ああ、俺が空を飛ぶ力を身につけていなかったのがまずかったんだ。

「くっそう。この次は第一の城に行く間に空を飛ぶ力を身につけておくぞ！　俺は負けないぞ！絶対第二の城に突入するぞ！」

俺が思わず大声で叫ぶと母ちゃんに怒られた。

「やかましい。終わったら早くテレビを野球に切り替えろ！」

その声で、俺は現実に引き戻された。俺は魔界に生きる強く逞しい英雄ではなく、六畳の狭い部屋で二十インチのテレビの前に座っているただの中学二年生だった。だが、俺はもう少しゲームの余韻に浸っていたかった。

こんな仕掛けになっているのでは、このゲームを初めてやる奴は全員第二の城に入る前に挫折を経験することになるだろう。よし、それならば俺がこの壁を破ってやる。ゲームの始めのうちに、空を飛ぶアイテムを素早く手に入れることがこのゲームをクリアする絶対条件だと分かった今、俺にはその困難を乗り越える知恵が備わったのだ！

俺はゲームをリセットし、もう一度第一の城からやり直すことにした。

「まだやるのか」

母ちゃんが台所から声をかけてきたが、俺は

「約束の三十分まではまだ十一分あるよ」と答え、戦いに戻った。

さっきと同じ方法で進んでも空を飛ぶ能力が手に入らないことは分かっている。俺はさっきとは違うルートをとって第一の城に行くことにした。

城に入るまでの戦いは簡単だった。俺は次々と現れる魔物、怪物を倒して突き進んだ。しかし、通り道のどこにも空を飛ぶことに関係ありそうなものはなかった。

仕方がないので城に入る時にさっきは南の門から突入したが、今度は西の門から入ってみた。するとキジがケンケン鳴きながら上から俺に襲いかかってきた。キジなんかに俺が負ける訳がない。俺はすぐにキジをやっつ

けた。しかし、普通はゲームで俺が負かした敵は消え去るんだけれど、このキジは消えなかった。俺が変だなと思っていると、画面に『参りました。どうか私を家来にしてください』とキジの言葉が表示された。

俺は寛大な心で俺を襲ったキジを許し、家来にしてやった。(もしかして、鳥を家来にしたんだから、俺は飛ぶ力を手に入れたのかもしれない。ようし、これで湖の憎たらしい竜と戦うことができる。)俺は嬉しかった。

第一の城の王の前に姫と一緒に無事に到着し、王からお褒めの言葉を頂いた後、すぐに俺は姫と共に張り切って第二の城に出発した。俺に残された時間は四分間しかない。どこまで進めるだろうか?

俺は手際よく戦い、森と湖のどちらかへ行く分かれ道にたどり着いた。(さあ、湖に行って今度はあの竜に勝つぞ)俺は一度深呼吸してから、おもむろに湖へ続く道を選んだ。

いよいよ、竜が湖面に姿を現した。俺は戦うために身構えた。しかし、その時だ。思わぬことが起きた。俺についてきた家来のキジがいきなり飛び立つと真っ白に色を変え、遠くへ逃げて行ったではないか。キジは逃げながら俺を振り返った。画面にはキジのこんな言葉が表示された。

「やあい！おいらを信じるなんて、お前は間抜けだ。おいらは本当はキジでなくてサギだったんだよ。命を助けてもらってありがとうな。じゃあ、おれはさっさと逃げるから、後はあんた一人で戦うんだよ。バイバイ」

サギの姿は遠くの空に霞《かす》んで行き、すぐに見えなくなった。

くそう、裏切り者。サギにだまされた。あんな鳥はさっき完璧にやっつけておけば良かったんだ。慈悲の心はこの戦いには無用だったのだ。だまされた俺が本当にバカだった。

俺が反省している間に、あの竜が湖から出てきて姫を捕まえ、空に飛んで行ってしまった。追いかけても無駄なことはもう分かっている。俺は空のかなたに消えて行く竜の姿をただ見つめていた。これで二回目だ。こんなつらい思いはもうしたくない。俺が呆然としていると、

「早く、終われ！三十分経ったぞ」

俺の心情を知らぬ母ちゃんが無慈悲に台所から叫んだ。

「母ちゃん、俺はだまされてしまったんだ。サギにあったんだぞ」

「どうせゲームの話なんだろ。人生ゲームか何かだろ。生きてればサギに遭うこともあるだろうから、良い経験をしたということだね」

「あのゲームの効果音が人生ゲームの音に聞こえたのか？」

俺は母ちゃんにこう言ったが、母ちゃんは「早く野球にせんか！」と言うだけで、話が噛み合わない。いくら野球が見たいからとはいえ、母ちゃんは実の息子である俺の話をちゃんと聞かない。こういうのを育児放棄っていうんだぞ。俺はこういう難しい言葉をちゃんと知っているんだ。

母ちゃんに文句を言っても、のれんに腕押しなので、仕方なく俺はテレビを野球中継に変えた。すると大変なことが起きていた。思わず俺は母ちゃんに向かって叫んだ。

「モー君が負けている」

「なにぃっ」

母ちゃんは台所から飛び出して来た。そして、テレビ画面を凝視した。

「あああ、モー君が二点も取られてる。あのモー君が点を取られるなんて。何か悪いものでも食べたんじゃないといいけど。あああ、酔いが醒める思いだわ」

「母ちゃん、顔がまだ赤いぞ。それから、モー君の奥さんが変なものを食べさせる訳ないだろ。変なこと言うなよ」

モー君の奥さんは、モー君の心の支えになっているだけではなく、栄養の勉強をして、プロ・スポーツ選手のモー君を食事からも支えている偉い女性なのだ。しかも美人なんだ。少し綺羅に似ているような気もする。

「そりゃそうだね。それより息子よ、台所に行ってガスを止めてきてちょうだい」

母ちゃんは俺を顎《あご》で使って、自分はテレビを見続けた。

俺が台所に行くと味噌汁と冷凍サンマの煮物がほとんどできあがっていた。もう火を止めても大丈夫だろう。俺は火を止めたついでに、二人分のご飯を茶碗に盛り、味噌汁をおわんに分け、サンマを皿に載せて母ちゃんのいる六畳のリビングに運んだ。

「気が利くね。じゃあ、食べようか」

母ちゃんは、機嫌良く言って、食べ始めた。

「俺は母ちゃんの手伝いをしたんじゃなくて、自分が腹減ってたから勝手に食いもんを持ってきただけなんだぞ。本当だぞ」

俺は母ちゃんに、ちゃんと言っておいた。


父ちゃんはもっと遅くなるまで帰って来ない。残業が多いし、酒を飲んで帰ってくることもある。母ちゃんは、父ちゃんが酒を飲んで夜遅く帰って来ても文句を言わない。毎日疲れているんだから、たまに外で酒を飲むこと位は良いじゃないかと思っているようだ。我が母ながら良い妻だと思う。もっとも、母ちゃんも発泡酒をしょっちゅう飲んでいるんだから、父ちゃんに酒を飲むなとは言えないということもあるだろう。

母ちゃんの機嫌が良くなっていたのは、モー君のチームが同点に追いついていたからだ。しかも、チャンスは続いていて、母ちゃんは食べながら目はテレビから離れなかった。

まもなく、ホームランが出てモー君のチームは逆転に成功した。

「よし、もう一本！」

母ちゃんは台所の冷蔵庫から発泡酒の缶を持ち出し、プルタブを開けた。

すかさず、俺は母ちゃんに突っ込みを入れた。

「もう一本って、ホームランじゃなくて酒のことかよ！」

「両方だよ。ホームラン一本と酒一本だ。こういうのを掛け言葉っていうんだぞ。中学生なら覚えておくんだよ」

俺の母ちゃんは中途半端な知識を振り回してすぐ得意になるから困る。

「ホームランが出る度に酒を飲んでいたら家の金が無くなってしまうだろ」

俺の家にテレビが二台ないのは、母ちゃんと父ちゃんでテレビ代を飲んでしまっているからに違いないと俺は思っている。

「大丈夫。家は貧乏じゃないよ。家にはちゃんと明日食べる食料はあるから腹が減る心配はないよ。子供はそんなことを考えなくてもいいんだよ」

俺は二台目のテレビのことを考えているのに、母ちゃんは腹が減らなければいいらしい。俺の母親は食ってさえいれば満足していられる生き物だったのか。人間としてそれでいいのか！

「母ちゃん。俺は食うだけでは満足できない。人間には文化ってものがあるだろ」

「何だよ突然、文化って」

「俺はこの家にもっと文化があっていいと思う」

「文化？あるでしょ。冷蔵庫に電子レンジ、テレビ、それに軽自動車だってあるよ。音楽だってＣＤラジカセで聞けるし、携帯もあるよ。家はとっても文化的な生活をしているよ」

俺はそれを聞いて思わず叫んでしまった。

「そんなの全部当たり前のものだろ！母ちゃんは俺のことを何も分かってない！」

母ちゃんは俺の言ったことを聞いて少しは真剣になってくれたようだ。

「え？あんたは何が文化だというの？」

「テレビだよ。二台目のテレビだ。そんなのどこの家にもある文化だぞ」

遂に言ってしまった。俺は二台目のテレビを手に入れて、さくさくとゲームを進め、早くあの竜をやっつけてしまいたいんだ。しかし、母ちゃんには、俺の切ない思いは全く伝わらなかった。

「テレビなんて一台あればいいでしょ。家はＮＨＫに高いお金を払ってＢＳだって映るようにしてるんだよ。十分じゃないの。しかぁし、お前の言う文化ってテレビだったの。もう少し高尚なことを言うかと思って期待したのに」

母ちゃんは俺をバカにした。その上、悪いことにその時モー君のチームの金次《かねつぐ》という選手がホームランを打った。母ちゃんは、

「キャーッ。素敵！イエーイ」

と言ってテレビにかじりついた。今はこの酔っぱらい相手に何を言っても無駄だ。

俺は絶望感に打ちのめされながら、サンマをかじり、味噌汁をすすった。俺たちの夕食が終わってから、父ちゃんが酒臭い息を吐きながら帰ってきた。母ちゃんは、

「父ちゃん、私のモー君が今日も勝ったよ！」

と嬉しそうに話しかけた。父ちゃんも機嫌が良かった。

「勝ったか！良かった。これなら今年は優勝も夢ではないな。しかし、私のモー君って、俺はどうでもいいのか？」

「そんなことはないわ。ダーリン！うっふん」

酔っぱらいの会話はこれだから中学生には刺激が強過ぎる。飯は済んだし、俺は隣の自分の部屋に逃げ込んだ。そして、学校の図書室から借りてきた小説を読み出した。俺は本は嫌いじゃないから、いっぱい読んでいる。だから、中二にしてはいろんな言葉を結構知っているんだ。

ふすま一枚で区切られた向こうで父ちゃんと母ちゃんが何か話しているのが聞こえてくるが、俺には酔っぱらいの話なんてどうでも良かった。そのうち眠くなったので俺は寝た。

明け方に夢をみた。それは家に二台目のテレビが届いたのはいいが、俺が喜んで箱を開けると、なんと箱の中からサギが飛び出して来てテレビをくわえ、空に逃げて行くという夢だった。俺は必死でサギを追いかけたけど追いつけなかった。俺はうなされて目が覚めた。酷い悪夢だった。

第二章　カリスマ女子中学生

次の日の朝、学校に着くと、俺はあのゲームソフトを貸してくれた翔太を教室で捕まえて、竜やサギのことを聞いてみた。

翔太は竜のこともサギのことも知っていた。

「じゃあ、どうすれば第二の城にたどり着けるんだ？」

俺が訊くと、翔太は、

「初めからそれを聞いたらゲームが面白くなくなるだろ」

と、もったいぶって教えようとしなかった。俺は粘った。

「ヒントだけでもいいから教えろよ」

「ヒントか。ヒントはだな……」

俺は翔太を急かした。

「早く言えよ！」

「言うよ。空を飛べなくとも第二の城に行くことは可能である！ということだ」

「何！空を飛ぶ能力がなくても竜を倒せるのか！どうやるんだ！」

「それはお前が自分で見つけるんだろ。それがゲームの面白さだろ」

翔太の言うことが正論であることは俺も認めざるを得ない。

「その通りだ。ありがとう。いいことを聞いた。俺は自分で自分の道を切り拓くよ」

俺たちがここまで話した時だ。話に割り込んできた女子がいた。

「何格好いいこと言ってるの。たかがゲームでしょ」

振り向くと、そこには小松島綺羅《こまつしまきら》がいた。こいつが現れたか！俺は少し心が乱れた。

綺羅はいわばクラスの女王様だ。頭が切れて、家が金持ちで、背が高く、色白の瓜実顔で、目が大きく、ポニー・テールが似合うという、全てを兼ね備えたずるい奴だ。

「何だよ綺羅。お前、関係ないだろ」

本当は綺羅が近くに来ると俺は心臓がドキドキするんだけど、口からはこんな言葉が出てくる。念のために言っておくけど、心臓がドキドキするという事実があるだけで、俺が綺羅のことを好きという訳じゃないからな。綺羅は女王様なので、召使いを引き連れている。もちろん、召使いといっても本物である訳がない。その実体は綺羅の取り巻きの『ただの女子中学生』たちだ。しかし、この『ただの女子中学生』たちが凶暴なのだ。早速『ただの女子中学生』たちが生意気にも俺に対して口々に攻撃を始めた。

「ちょっと慎二さん、綺羅になんていう態度を取るの！」

「言葉遣いが良くないわ！」

「慎二のくせに生意気だわ！」

「あんた何様よ！」

「謝りなさいよ！」

あまりにもやかましいので、俺は思わず大声で本音を叫んでしまった。

「お前たちみたいな、ただの女子中学生は黙ってろ！」

当然、事態はもっと悪くなった。

「何よ！その態度！」

「私たちがぁ、ただの女子中学生だってぇ？」

「ただの女子中学生で悪うございましたねぇ！」

「あんたぁ、そんなこと言ってただで済むと思ってんのぅ？」

昔、中学校にスケ番というのがいたって母ちゃんに聞いたことがあるけど、その実体はこんな様子だったのかもしれない。さすがの俺もビビった。母ちゃん、助けて。こいつら怖いよ。

ただの女子中学生たちの剣幕に押されたのか、それまで俺のそばにいた翔太まで、

「俺、何も言ってないから」

と言って、俺からそっと離れて行った。裏切り者め。ああ、俺はこれからどうなるんだ。

俺が絶望の淵《ふち》に追いつめられた時、天から声が降ってきた。（ような気がした）

「みんな、慎二さんに酷《ひど》いことを言わないの！」

この綺羅の一言で『ただの女子中学生』たちは静かになった。女王様がそう言うんだから、召使いが黙るのは当然だよな。女王様万歳！

綺羅は言葉を続けた。

「私はね、学級委員長として慎二さんに話があるの。あなた、昨日返されたテストは六十点だったんでしょ。あれって困るのよ。だって、クラスの平均点が下がるじゃない。せめて、八十点は取って欲しいのよ」

俺は、ただの女子中学生たちを怖がっていたことがばれないように、虚勢を張って答えた。

「何だよ。俺の点数をどうやって調べたのか知らないけど、中学二年の数学で六十点は決して悪過ぎるというほどじゃないはずだぞ」

更に俺は綺羅の取り巻きどもを見据えて続けた。

「大体、お前たちだって大したことない点なんだろ」

しかし、返ってきた返事は俺の予想とは大きく違っていた。最初に山内《やまうち》芽依《めい》という奴が得意そうに言った。

「何よ、私は九十五点だよ」

続いて倉田舞《くらたまい》が言った。

「私は少しミスしちゃった。八十点」

それから、加藤春《かとうはる》と鈴木千晶《すずきちあき》が次々に自慢げに言ったんだ。

「私は九十点」

「私も九十点。そして、綺羅はもちろん百点よ」

何だと、綺羅の取り巻きは天才集団だったのか！こいつらと比べると俺の六十点は確かにしょぼい。

俺の心がしぼんだのを見計らったように、山内芽依が絡んできた。

「ねえ、さっき、私たちを、ただの女子中学生って言ったわよねぇ」

俺はここは謝る所だと判断した。

「ごめん、悪かった。お前等は天才集団だよ」

しかし、綺羅は俺の言ったことをさらっと受け流して話し始めた。

「大げさに誉めなくてもいいから。それより、まず落ち着いて私たちのお願いを聞いてね」

　俺は少し怖くなった。『女のお願い』は聞かない方が良い場合が多いと俺の短い人生経験でも分かっている。いったい何を言い出されるんだろう。

「小島慎二《こじましんじ》さん、私たちはあなたに期末テストで八十点以上取って欲しいの」

「何だよ。人のテストなんてどうでもいいだろ」

「そうはいかないの。あなたがいい点を取らないと、私たちB組は沢口萌《さわぐちもえ》のいるC組に平均点で勝てないのよ。中間テストでは負けてしまったんだから」

「別に負けたっていいだろ。テストの点で負けたって、将来、飯を食っていければそれでいいんだから」

　ああ、口からこんな言葉が出てくるなんて、自分はやっぱりあの母ちゃんの子だと俺は思った。

「だめなのよ。私は萌に負ける訳にはいかないの！」

(何だ、女の意地の張り合いか。俺をそんなのに巻き込まないでくれ)

俺がそう思って渋い顔を作って黙っていると、綺羅の取り巻きの一人である倉田舞が優しく甘い作り声で俺に話しかけてきた。

「あのねぇ、何とか協力して欲しいの。お願いしますぅ」

舞はソフト・ボールクラブに入っていて、色は浅黒く、腕はぶっとい。しかも、男みたいな精悍《せいかん》な顔をしている。こんな声、絶対似合わないって。いつもは、校庭で一年生に罵声《ばせい》を浴びせてしごいているくせに。

しかし、舞だけではなかった。綺羅の取り巻きたちは一斉に俺にアニメ声で囁《ささや》きかけてきたんだ。さっきはスケ番で今度はアニメだ。こいつらのキャラはいったいどうなっているんだ?

「お願いしますぅ。お願いきいてくれたら、私も、とっても嬉しいわぁ」

「私たちの夢を叶えるのに是非ともご協力をお願い致しますってばぁ、ねえ、ねえ」

「ねっ、ねっ、いい子だから言うこときいてね。これからは優しくしてあげるからぁ」

　くそっ。女の武器を存分に使いやがって。男はこういうのに弱いんだよ。

　最後に綺羅が言った。

「私たちもあなたのために力を尽くします。一緒に頑張りましょ！」

　俺は負けた。

「それで、俺に何をして欲しいんだよ」

「簡単よ。勉強をして欲しいの」

「勉強なんかいつもやってるよ」

「でも、六十点だったんでしょ。でも、私と一緒に勉強すればもっと点は良くなるから」

「綺羅と一緒に勉強するのか？」

　俺は内心喜んだ。ちょっと鼓動が速くなった。俺の顔の変化を見て取った綺羅が言った。

「いいのね。じゃ、詳しくは放課後に話そう。じゃあね」

　綺羅たちはすぐに俺から離れて行った。

その時、倉田舞は頼みもしないのに、俺を振り返り、「私も手伝うよ。頑張ろうね」

と声をかけて行った。俺は（このでしゃばり女め。お前には俺様と一緒に勉強することなんか頼んでないよ）と思ったが、もちろん口には出さなかった。

綺羅たちは俺との話が終わると、続いて松浦成一《まつうらせいいち》の所に行った。

松浦成一は色白で背が低く、大人しい奴で、度の強い眼鏡を掛けている。こいつもテストではいつも苦労している。

名前の真ん中の二文字の「浦成」から「うらなり」というあだ名がついた。酷《ひど》いあだ名かもしれないが、夏目漱石の小説「坊ちゃん」の主人公だって、学校の先生のくせに同僚をうらなりと呼んでいるから、いいんじゃないかな？。夏目漱石がそのことで社会から非難を浴びたということもなかったみたいだし。

もっとも、周りの同級生はうらなりの人権を尊重しているから、本人の前ではうらなりとは呼ばない。目立たない所でうらなりと言ってるだけだ。ちゃんと配慮しているんだぞ。

うらなりはすぐに綺羅たちに言いくるめられたようだ。一分もしないうちに綺羅たちはうらなりを解放した。

俺はその様子をずっと見ていた。綺羅から直接声をかけられたら、うらなりは素直に言うことを聞くだろうな、と思っていたらその通りになった。綺羅たちはその後も何人かに声をかけていた。

放課後の教室に俺とうらなりを代表とする劣等生五人と綺羅たちが残った。

五人のうち男子は俺とうらなりと小川雄大《おがわゆうだい》との三人だった。小川雄大は名前の通り、雄大な肉体の持ち主だ。女子は斉藤莉香《さいとうりか》と田中優菜《たなかゆうな》という二人だった。この二人は大人しくてクラスでは目立つことの少ない存在だ。

メンバーが揃うと、綺羅が言った。

「わざわざ私たちのために残ってくれてありがとう。時間がそんなにある訳じゃないから、早速始めましょう。まず、ひとりひとりの昨日返された数学のテストの結果とその内容を精査します。簡単に言えば、テストの反省です」

「簡単な言い方だけでいいよ」

俺が口を挟むと、綺羅の取り巻きの鈴木千晶に睨まれた。こいつらほんとに怖いよ。

「まず、慎二さんから始めます。あなたは六十点だったでしょ。でも、あと二十点くらいなら、すぐに何とかなるから軽傷です。あなたは対頂角の証明問題に答えを書くことができなかったそうですね。どうしてなんですか？」

「何でそこまで知っているんだ？」

「私たちの情報網は完璧です」

そう言えば、テストを返された時、隣の机の女子が俺のテストを覗き込んだ。俺はすぐ隠したんだが、あの時点数と答えを見られてしまったんだな。あの女子も綺羅のスパイだったのか。

綺羅の俺に対する「尋問」は続いた。

「あなたは、答えの代わりに『見れば分かる』と書いたそうですが、どうしてそんなことをしたいと思ったのですか？」

「だって、本当に見れば分かることだろ」

「なるほど、そういう思いだったのですか。そういうことなら、私は、あなたの気持ちを、もう少し詳しく知りたいと思います。どうぞ、この問題について心の中を自由に話してください」

俺のぶっきら棒な返事に対して、綺羅は冷静かつ、理性的に受け止め、応えてくれた。しかし、頼みもしないのに舞がここで感情丸出しで割り込んできた。

「あのねえ、あんな小学生レベルの問題、教科書の説明通り書けば当たるでしょ！何やってんのよ！大体『見れば分かる』なんてテストに書くのは不真面目よ！ふざけてんじゃないわよ！」

この発言を聞いて、驚いたことに綺羅が舞を叱りつけた。

「舞！やめて。そういう言い方は人を傷つけます。時には全てを台無しにすることもあるのよ。……ごめんね慎二さん。舞の言ったことなんて気にしないでね」

俺の返事を待たないで、綺羅は舞に冷たい声で言った。

「舞、あなたはそろそろ部活の時間でしょ。行かなくていいの？」

舞は顔をこわばらせ、荷物を手にすると黙って教室を出て行った。

ああ、綺羅様！このように俺を守ってくださるなんて、あなたは素晴らしいお方だ。女王を越えて女神様と呼びたい。俺の救いの神でございます。

俺は綺羅になら全てを話しても構わないと思って話し始めた。

「俺は、授業で対頂角の図を見たとき、母ちゃんが発泡酒を飲みながら食べていたピザを思い出したんだ」

「まあ！、強い連想力を持っているのですね」

綺羅が誉めたので俺は調子に乗った。

「うちの母ちゃんはピザを大ざっぱに四つに切るんだ。普通の家では六つか八つに切るけどな。そして、四つに切ったうちの二つを母ちゃんが食べるんだ。つまり、ええと、何というか、あの対頂角の図は家のピザの切り方と似ているんだよ」

「なるほど、面白いですねぇ！」

「あの時は四時間目で給食の前だったから、ピザを思い出したとたん、空腹を感じて、数学の遠藤の話は耳に入らなくなった。そもそも対頂角が同じ大きさだというのは小学生の時から知っていた当たり前の知識だから、証明のやり方を覚える必要なんて俺は感じなかったんだよ」

「慎二さんの言うことはその通りです。あれは当たり前と言える簡単な知識です」

綺羅は俺が何を言ってもそのまま受け入れてくれるんだ。今まで綺羅は気取り屋で勝ち気だとばかり思っていた。人って遠くから見ているだけでは分からないんだな。

「でも」

今まで何も否定しないで俺の話を聞いていた綺羅が初めて「でも」と言

った。次に何を話すんだろう？

「でも、小学生レベルの簡単な問題だ、という事実から考えれば、あれは遠藤先生が私たちに点を取らせるためのサービス問題だったと言えるのです。慎二さんは、そのサービス問題を落としたのです。とても残念で悲しいことです」

俺は女神様を悲しませたんだ。なんとかして女神様を悲しませた悪い自分の汚名回復……でなくて汚名返上をしなくてはいけない、とその時の俺は素直に思った。

「ごめん、簡単な問題が答えられなくて。この次は絶対八十点以上取るって約束するから。他の問題は簡単な計算ミスだったから、何とかなるさ」

綺羅はにっこりと微笑んだ。

「本当ですね！ありがとう。慎二さんなら必ずやってくれると信じます」

綺羅が俺に微笑んでくれた。有頂天というのは今の俺の心を表すために昔の人が考えてくれた言葉に違いない。

次はうらなりの番だった。

「じゃあ、次は成一さんのテストの結果の精査をします。芽依、報告してください」

山内芽依が鞄からスマートフォンを取り出した。俺の学校では、『携帯電話持ち込み申請書』という書類があって、学校にいるときに携帯が必要な理由を親が書いて申請すれば、携帯やスマホを持ってきて良いことになっている。但し、授業時間中は担任が預かり、職員室で保管し、放課後に返される。

芽依は学校から学習塾に直接行くことがあるので、家庭と連絡をするため、という理由でスマホを持ち込む許可を得ている。俺は母ちゃんがだめと言うので、まだ携帯もスマホも持っていないんだ。あいつらが、羨ましくて仕方がない。

芽依はスマホをいじって、画面に一枚の写真を写しだした。

「これは、成一さんのテスト用紙です」

「何でお前がそんな物の写真を持ってるんだよ」

俺はびっくりして訊いた。

「昨日、成一さんを私と舞で優しく励まし、説得して撮らせて貰いました。ね、成一さん」

こいつらの言う優しさって何なんだ？　こんなことをされて、にこにこと素直な笑顔を見せてるうらなりもおかしいぞ。

「じゃあ、テストの間違いの部分を拡大します。綺羅、ここをよく見てね」

綺羅はスマホの画面を覗き込み、唸《うな》った。

「ウーン、これは…。なるほど、分かったわ。じゃあ、次は雄大さんの答案の精査をしましょう」

うらなりの考えを聞くこともなく、綺羅はすぐに雄大の話題に移った。うらなりは自分を飛ばされても抗議するでもなく、黙ってにこにこしているだけだった。

雄大は四十五点だったそうだ。綺羅や千晶が何を訊いても、

「分からなかった」

「間違えた」

「さあ？」

と答えるだけで、さっぱり要領を得なかった。芽依が、

「やる気あるの？」と訊いたときだけ、

「やる気は、ありまぁす！」

と元気が出た。「あります」と答えておかなかったら、次に何を言われるのか分からないものな。結局、雄大の数学の苦手な分野が何なのかは分からないままだった。

続いて、斉藤莉香と田中優菜の女子二人は素直に答案用紙を綺羅に差し出した。綺羅は優しい口調で答えの間違いの理由を説明していた。まるで先生みたいだった。俺は綺羅がここまでいい奴だとは思っていなかったぜ。本当に女神様みたいだった。

雄大以外の参加者のテストの間違いの分析が終わった。その後、俺は対頂角だけでなくて、単純な勘違いなどを少し綺羅に指摘された。（綺羅に言われなくてもとっくに自分一人でそんな単純なミスは気が付いていた）しが、綺羅が優しく教えてくれるのが嬉しくてわざと黙って聞いていたしかし、雄大だけは綺羅から言われたことをどれくらい理解したか、本人の

反応が少なくて分からなかった。

　それから、これからの勉強法のことを綺羅が決めた。

「一人一人の問題点が違うので、一緒に勉強を進めるのは無理です。家庭教師じゃないけど、一対一で勉強しましょう。私は成一さんを担当します。多分、私がやるのが一番良いと思います。雄大さんは芽依が教えてあげてください。莉香と優菜に教えるのは千晶と春が良いと思います。それから、慎二さんは舞と勉強してくださいね」

　これを聞いて、俺は目の前が真っ暗になった。なんで俺の担当があの舞なんだよ。綺羅が俺と一緒に勉強するんじゃなかったのか！今日の朝、綺羅が『私と一緒に勉強すればもっと点はよくなるから』と言ったから、俺は素直に今まで話を聞いていたんだぞ。

　綺羅と一緒に勉強するんじゃないなら厭《いや》だ。大体、さっき俺に罵声《ばせい》を浴びせた舞が何で俺の世話をすることになるんだ？さっぱり分からない。俺は綺羅に裏切られたと思って必死に抗議した。

「ウワーッ。何で舞なんだ。さっき、俺を怖い声で脅かして、綺羅にしかられた舞を何で俺の担当にするんだよ」

綺羅はにっこり微笑んで答えた。

「最初はみんなで一緒に勉強会をするつもりだったのよ。でも、全員一緒にやるのはメンバーに力の差があるから大変だと気が付いたの。ごめんね。でも、家庭教師みたいなやりかたの方が効果が上がるのは間違いないわ。慎二さんは力があるから、私でなくても大丈夫よ。舞には優しく教えるようにちゃんと言っておくから、舞と一緒に百点を目指してね」

綺羅はもう一度俺の目を見て微笑んだ。女神様がそう言うんだから従うしかない。俺は何も言えなかった。言っても決定は覆《くつがえ》らないだろう。まあ、舞も本当はそんなに悪い奴ではないから仕方がないな。俺はそう思うことにした。

俺は家に帰って、母ちゃんに報告した。

「俺、今度、学校で勉強することになった」

「何?今まで勉強して来てなかったのか?この親不孝者!」

「いや、そうでなくて、みんなで力を合わせて一緒にテストで百点を目指すグループに入ったんだ」(俺って説明がうまいだろ)

「お前に百点が取れるの?ふうん、凄いね。でも、みんなって誰?」

「母ちゃんは知らないだろうけど、成一とか雄大とかだよ」

「成一君は知らないけど、雄大君は知ってるよ。運動会の時に見たよ」

「雄大は記憶に残りやすいからな」

それから、母ちゃんは遠くを見る目つきになって言った。

「そう言えば、お前は小学校の三年生までは時々百点を取って来たのに、その後は全然百点を取ったことがなかったね」

「それでも母ちゃんは一度も怒らなかったね、優しさをありがとう」

「優しさなんて言葉を使うんじゃないよ。恥ずかしい。私は、お前が百点を取ってこなくても別に困らないから黙ってただけだよ」

(何だ、俺の成績に興味がなかっただけか。これって、またまた育児放棄?)

俺の内心を知ってか知らずか、母ちゃんは続けた。

「でも。取れるチャンスがあるなら百点を取ってきてみなよ。私も近所の人に自慢できるから」

(自慢するネタにしたかっただけかよ。これじゃ母ちゃんも綺羅と同じじゃないか！ルックスと言葉遣いと体重は別として……)

でも、俺は口では別なことを言った。

「母ちゃん、今まで俺は親孝行らしいことをしたことがないから、頑張るよ！」

「親孝行かい。慎二は私の息子に生まれてきたということだけで親孝行をしてるけどね。百点取ってきたらもっと嬉しいのは確かだね」

「母ちゃん、良いこと言うね」

「さあ、じゃあ、慎二の親孝行記念に一缶開けるかぁ！」

「何だよ、親孝行も酒を飲む口実でしかないのかよ」

母ちゃんは冷蔵庫から発泡酒を取り出し、コップに注いで一口飲んだ。

「ああ、孝行息子と一緒に飲むビールはうまい」

「俺は飲んでないってば。それに、それはビールじゃないだろ。発泡酒だろ。ちゃんと分かってんだぞ」

「うるさい！人がビールだと思って飲んでいるんだから構うな！未成年者は酒の種類なんかに興味を持たなくていいから、さっさと宿題をしろ！百点取るんだろ！これから母ちゃんは野球を見るからな」

少ししんみりした良い場面だったのに、あっと言う間に母ちゃんはいつもの酒乱に戻ってしまった。俺が発泡酒とはっきり言ってしまったので、プライドを傷つけたのかもしれない。


その夜、天然ファルコンズは敗戦した。がっかりした家の母ちゃんがやけ酒を飲んで酔っぱらって寝てしまった頃、俺は知らなかったが、綺羅は自分の部屋からこんなメールを舞に送っていたんだ。

(今日はうまくいったね。手強そうだった慎二も飴《あめ》と鞭《むち》をうまく使ってその気にさせるのに成功したよ。舞には鞭の役をさせてごめんね。でも、そのおかげで慎二は私にすっかりなつきました。あいつは面白い奴で、勉強でも見込みがあります。舞の願い通りに慎二の指導担当者をあなたにしておきました。悪い役を頼んだお礼よ。じゃあ頑張ってね。うまく慎二の心を手に入れるんだよ。そして、九十点は取らせてね。期末試験では絶対C組に勝とうね！萌になんか負けないぞ！）

俺は女子たちに手玉に取られていたんだ。

綺羅の作戦で、わざと舞が俺にきついことを言った。それを綺羅がやめさせて俺に綺羅が味方だと思わせた。そして、その後綺羅がやたらと俺を誉めていい気分にさせた。こうして、俺が綺羅たちの望む行動をするようにし向けたということだ。こういうのって洗脳っていうんじゃないのか？

舞が俺に好意を持っているなら、舞に俺を脅かす役をさせるのはおかしいし、舞にとって嬉しいことではないはずだけど、綺羅は時々こういうことを企むんだ。あの綺羅にこんな隠れた性癖があることを俺は後々まで知らなかった。

第三章　一回転の角の大きさが何で三百六十度って決まっているんだ？

次の日、二日酔いの母ちゃんが作ってくれた味噌汁と納豆の朝食を食べて俺は学校に行った。（天然ファルコンズが負けたので、母ちゃんはやけ酒を飲んで寝込んだ。その結果、母ちゃんは寝坊して朝食は手抜きになったという訳だ）

教室に入ると翔太が、

「よう、慎二。ゲームはどうなった？何番目の城まで行ったんだ」

と尋ねてきた。俺は答えた。

「昨日は母ちゃんがテレビを独占してたんで、できなかったんだ」

あえて、母ちゃんが酔っぱらった話まではしなかった。

「それは残念だったなあ。早く第二の城に行きたいだろ」

昨日、俺は実はゲームをやりたいとはあんまり思わなかった。綺羅にいい気分にさせられて、夢うつつだったんだ。それに、ファルコンズが負けたせいで、母ちゃんの酒乱の相手も大変だった。でも、口ではこう返事した。

「そうだよ。はやくあの竜をやっつける方法を見つけたいよ」

「俺は十八の城を全部クリアしたから、あのソフトは急いで返さなくてもいいよ。ゆっくり頑張れな。ところで昨日の綺羅の率いる女子軍団との話し合いはどうなったんだ」

「あれか。あれは、女子が俺に勉強を教えることになったんだ」

「何だそれ?」

「綺羅がC組にテストの平均点で負けないために始めるんだとさ。俺は数学で八十点以上取らないといけないことになったんだ。だから勉強するんだよ」

舞が俺の指導担当だということは言わないでおいた。話題にしたくない。

「綺羅もやるもんだなぁ。それにしても、お前自分で八十点取れないのかよ」

「うるさいなぁ。この次は取るよ。翔太まで俺をバカにするんだな。こうなったら、意地でも九十点は取ってやるぞ」

「そうか、でも、実は俺は七十点で平均点すれすれなんだ。だからバカになんかしてないぞ。お前が九十点取ったら凄いと思うぞ」

「何だそうか。だったら俺たちと一緒にやらないか」

「ウーン、やりたいけど、無理。俺は部活の後に塾に行くから忙しいんだ」

「翔太は塾に行っているのか」

「うん。慎二が塾に行かないで一人で勉強してるのは偉いと思うよ」

「俺が塾になんか行かせてもらえる訳ないだろ。家は貧乏なんだ。テレビだって一台しかないんだ。一台しかないのは育児放棄だ。子供に対する人権侵害だ。それなのに、母ちゃんは俺に百点取れってけしかけるんだ」

「お前、言うことがめちゃくちゃで大げさなんじゃない。テレビは関係ないだろ。でも、いろいろと大変なんだな。まあ、女子たちと頑張れよ。それにしても綺羅に誘われるなんて羨ましいよ。俺も六十点取れば誘われるのかな」

「なにバカなことを言ってるんだよ」

「ははは、俺もバカではお前に負けないよ。でも、六十点なんてわざと取る訳ないだろ。俺は頑張って百点取って母親から小遣いのボーナスをかすめるんだ」

「成績でボーナスが出るのか。お前の家はいいな」

「そうだよ。いい親だろ」

「そうだな。最高だな！」

こんな話をしているうちに朝のホームルームが始まった。

美佳先生が出席を確認し、その日の学校の予定を話した後で、綺羅が手を挙げて話し出した。

「先生、私たちはクラスの有志数名で、放課後に学校に残って勉強会を開く計画を立てました。教室を会場に使って良いでしょうか？」

美佳先生はすぐに教室の使用許可を出した。

「教室に居残って勉強するんですね。別に構いませんよ。そのかわり下校時刻前に必ず帰ってくださいね。あと、残る人の名前も後からで良いので紙に書いて提出してください」

綺羅が言うならすぐに許可が出るのは当然だった。綺羅は誰にも信用されていた。

許可が出たとき、俺の少し前の席に座っていた倉田舞が振り返って、嬉しそうにチラッと俺を見た。部活で日焼けして浅黒くなった顔をしたあいつにこんな緩んだ表情は似合わない。その時俺は直感した。(まずい、昨日からの様子では、俺は舞に意識されている！この勉強会にはこんな罠もあったんだ。どうやって逃れればいいんだ！)

俺はその時はそう思ったが、既に約束したことなので、仕方なくその日の放課後に綺羅とその取り巻きたちと勉強を始めた。

俺たちは教室のあちこちに二人ずつになって分かれて座り、綺羅が準備して来た問題集を開いた。この問題集を人数分買ってくるなんて、綺羅は本当に金持ちだ。

俺の担当になった舞は俺が図形が苦手だと思っているから、「平行線と角」のページを開いて、得意そうに問題の解説を始めた。俺はうっとうしくなり、角についての持論を舞にぶつけてみた。

「なあ、舞、お前は角に詳しいみたいだけど、一回転の角が三百六十度になる理由を教えてくれよ」

舞は虚を突かれたみたいだった。

「ええっ？半回転の角が百八十度で、一回転だと三百六十度でしょ。こんなこと小学校で習った当たり前のことでしょ」

「舞は当たり前で済まして、それ以上考えない気だな」

「何言ってんの、世界中で一回転は三百六十度よ。そう決まってるの！」

「俺は一回転の角が四百度の方がいいと思っているんだ。すると直角が百度になるんだ。なんと言ってもきりがいい数字の方が分かりやすいじゃないか」

舞は頭に血が上り始めたようだった。反応が実に素早く、また単純だ。

「あんた、勉強したくなくてそんなこと言い出したんでしょ。わざわざ人が居残りして一緒に勉強してるのに、何よ！」

「違うよ。純粋に学問的な疑問だよ」

俺は、興奮してきた舞に対して冷静に答えた。家で毎日やっている母ちゃんとのやりとりで俺はこういう口げんかに慣れているんだ。しかも、舞が俺に惚れていることを俺は見抜いている。冷静に構えている俺の方が有利だ。

「慎二さんて、そんな下らないことを本気で考えているの？それじゃあ、勉強ができないのは仕方ないね」

舞は俺を悪く言い出した。だが、惚れているからこそ、意地悪を言うこともあるんだよな。俺はそう思って余裕で切り返した。

「お前、自分は勉強ができると思っているのか。教師の言うことをただ覚えているだけなんじゃないのか？」

「それが勉強でしょ。学校で習うことをちゃんと覚えるのが勉強するってことでしょ」

「俺はそう思わない。だって、教師が言うことをそのまま覚えるなんて面白くないだろ」

「それじゃ、勉強が成立しないでしょ」

「いや、自分で考えるから面白いんだ。なあ、何で一回転で三百六十度なんだ？」

「また、始まった。そこで止まっていたら勉強が全然進まないでしょ。ねえ、綺羅、助けて！慎二さんが言うことを聞かないの」

舞は遂に綺羅に助けを求めた。やった！舞と話すより、綺羅と話す方がいいもんな。

綺羅はそれまでうらなりの勉強を見ていたが、うらなりにちょっと声をかけてから俺たちのところにやってきた。

「どうしたの」

綺羅は微笑んで俺たちの顔を見比べながら訊いた。

「慎二さんがめちゃくちゃ言うの。一回転が三百六十度なのが気に入らないんだって。四百度のほうがいいんだって。そんなことを言っていたら勉強が始まらないでしょ」

俺は綺羅が舞と一緒になって俺をバカにすると思っていた。しかし、綺羅の反応は違っていた。

「あら、面白い。慎二さんってそんなことを考えているんだ」

「ね、慎二さんって頭悪いでしょ」

舞は綺羅に同意を求めるように言った。しかし、綺羅は同意しなかった。

「私はそうは思わない。だって本当に頭が悪かったらそんなことは考えつかないものよ」

やったあ。綺羅は俺の言うことをただ跳ね返すだけの舞とは違う柔らかい考え方の持ち主だ。やっぱり俺の女神様だ。俺は綺羅を味方につけたと信じて喜んで話しかけた。

「なあ、綺羅、自分の頭でものを考えるって大事だよな」

しかし、綺羅の言ったことは俺の上を行っていた。

「でもね、自分でものを考えるってことは、当てずっぽうの言いっぱなしとは違うの。慎二さんは一回転は三百六十度になるのは不思議だと思った訳だけど、それを自分で調べてみたの？」

俺は調べてはいなかった。

「調べてないよ。多分その理由は難しいことだから俺が調べても分からないと思う」

「実は、私も慎二さんみたいに一回転が三百六十度になるということについて不思議に思ったことがあるの」

「おお、俺と綺羅は仲間だったんだ」

俺は、綺羅が自分と同じことを考えていた仲間だと知って嬉しくなり、思わず声が大きくなった。しかし、綺羅は顔をしかめてそれを否定した。

「違うわ。仲間じゃない」

「なんで？」

「私は不思議に思ったときにちゃんと調べたわ。慎二さんは調べないで舞を困らせるネタにしただけでしょ。全然違うわ」

参った。綺羅もきついことを言うんだ。ここは、うまく言い逃れよう。

「いや、舞を困らせようとした訳じゃないよ。俺は純粋に学問的な疑問として取り上げたんだよ」

「学問的な疑問なら調べるのが当然でしょ」

形勢有利とみた舞が、ここでまた参戦してきた。

「そうよ。調べるのが当然よ！」

「舞、お前はさっき教師の言う通りに覚えるのが勉強だ、みたいなこと言ってたよな」

「考えが変わったの。綺羅の言うことが正しいわ」

「勝手だよな。言うことがころころ変わるなんて」

「何よ！いいじゃない！」

舞がどなり始めたので、綺羅が仲裁に入った。

「大声を出さないでね。勉強するのにけんかはいらないわ。ねえ、慎二さん、不思議に思ったんだから、是非《ぜひ》自分で一回転が三百六十度になる訳を調べてね」

「教えてくれないのかよ。綺羅は調べたから知ってるんだろ」

「今はネットで簡単に調べることができる時代よ。なぜ慎二さんは今まで調べていなかったの？」

俺は言葉に詰まった。家にもコンピューターはある。前に父ちゃんがデジカメを買ったとき、自分で写真の印刷までしたいといってプリンターと一緒に買ってきた。今となっては二世代前の代物だ。古いけど動く。そして、動くから家では新しいのを買わない。もちろん古くてもネットはできる。俺はネットでゲームをしたいけど、金がかかるからだめと禁止されている。ゲームは何でも金がかかる訳ではないんだと言ってもだめなんだ。でも、勉強に使うと言えば母ちゃんも使わせてくれるだろう。

「分かったよ。今日、家に帰ったら調べるよ」

そこに、離れて話を聞いていた山内芽依がスマホを手にしてやってきた。ああ、俺も自分のスマホが欲しい。

「何調べるの？これで調べてあげるよ」

芽依は親切に言ってくれたが、綺羅は止めた。

「いいから。これは慎二さんが自分の課題として言い出したことだから、慎二さんが自分でやる方がいいわ」

俺は口に出さずに思った。（綺羅、お前は優しいようで本当にきついんだな）でも、綺羅の言うことは正論だった。仕方ない。俺は綺羅に言った。

「分かったと言っただろ。自分の課題だから自分で調べるよ」

その時、俺とのけんかを綺羅に止められた舞が不機嫌な顔のまま時計を見た。

「ねえ、私、部活に行く。慎二さんのせいで全然勉強会にならなかったけど、これ以上ここにいられない」

「いちいち人のせいにするなよな」

「あんたが自分の疑問を自分で調べないで、人に頼るのが悪いんでしょ」

「いつ俺がお前に頼ったっていうんだ！」

「じゃあね、私行くから」

舞は俺の言ったことを無視して教室を出て行ってしまった。舞の後ろ姿を見送った綺羅が残念そうに言った。

「ああ、今日は本当にもう時間切れね。もう終わりにするしかないわ。実は、私もこれから行くところがあるの。忙しいの。さあ、みんな終わりましょう」

綺羅が言うと、勉強会に参加させられていた者は荷物をまとめて教室を出て行った。でも、俺は暇だったから残っていた。

綺羅は、忙しいと言ったくせに、自分の取り巻きを引き留めた。

「じゃあ、ちょっと反省会をします。今日は使えた時間は短かったけど、参加者のことがよく分かったという成果はあったわ」

俺はうらなりのことが気になって綺羅に聞いてみた。

「成一のことはよく分かったの？」

「はい、成一さんには今日は九九の七の段の復習をしてもらいました」

「九九なのかよ！」

「まだ、間違うみたいなの。勉強は繰り返しが大事だから何回もやるしかないわ」

「雄大は？」

山内芽依が答えた。

「問題を二つやったけど、今のところは自分で解いたという感じじゃないわ。私の言う通り雄大さんがノートに書いただけ」

「それだけかよ」俺はそう思ったが、綺羅はポジティブ思考だった。

「いいの。雄大さんはその問題の解き方を一回は経験したんだから、この次に同じ様な問題に出会った時には、それを思い出して自分で解けるかもしれないでしょ」

「なるほどなあ。そう考えればいいのか。ところで莉香と優菜はどうだったんだ？」斉藤莉香と田中優菜を教えていた鈴木千晶が答えた。

「二人とも綺羅に協力する気は十分だったわ。期末テストまでじっくり勉強すれば、クラスの平均点アップはきっと大丈夫よ」

綺羅はこの報告には不満足だったようだ。

「もっと具体的に答えてよ。何ができて何ができなかったの？」

この質問には加藤春が答えた。

「証明する問題は苦手みたい」

「やっぱりそこか。いっぱい問題を経験させるしかないわね」

綺羅は鞄を手に取り、言葉を続けた。

「さあ、私たちは塾に行くから帰るわ。慎二さんもお疲れさま。あ、一回転がなぜ三百六十度になるのかの宿題をちゃんとやっておくのよ」

綺羅は最後に俺に微笑みをくれて教室を出て行った。微笑めば、俺が思い通りに動くことを綺羅は知っているんだ。あいつは人を思い通りに動かすのがうまいんだ。

ところで、舞は部活に行ったが、それ以外の綺羅グループの連中はこれから塾に行くんだそうだ。なるほどみんな俺よりテストの点がいい訳だよ。一日に二回勉強しているんだものな。


俺は家に帰るとリビングに置いてあるパソコンのスイッチを入れた。隣の部屋で昼寝をしていた母ちゃんがちらりと見上げたので、

「勉強で調べたいことがあるんだ」

と言ったら、母ちゃんは口の中で何か、もにょもにょと呟いたが、また寝てしまった。

俺は『三百六十度　なぜ』と入力して検索してみた。結果はすぐ出た。一回転の角が三百六十度になる理由は大体分かった。また、とっくの昔に

一回転の角を四百度にすることを考えた人はいたし、『度』という単位を全く使わないで角の大きさを表す方法だってあることも分かった。俺は人間って凄いと思った。俺が考えるようなことはとっくに昔の誰かが考えていたんだ。一回転を四百度とするいうことを俺が世界で初めて思いついたんだとばかり思っていたが、そうではないことが分かってがっかりした。自分だけのオリジナルな考えを生み出すことは、人類の長い歴史を経た今となっては難しいんだ。

次の日の放課後にも、期末テストに向けての勉強会は行われた。舞に『三百六十度　なぜ』のキーワードで検索して分かったことを教えたら、目を丸くしていた。舞は『一回転は三百六十度』というのを絶対的真理と信じていて、それを疑ったことはなかったんだ。舞は俺をほめた。「慎二さんって目の付け所が私とは違うわ。本当は凄い人なのかもしれないね」

そばで話を聞いていた綺羅もこんな嬉しいことを言ってくれた。

「私が見込んだ通りね。慎二さんは一人でも勉強を進められる人かもしれないわね」

しかし、さすがにこれを聞いて舞は珍しく綺羅に反論した。

「いや、慎二さんには、やっぱり一緒に勉強する人が必要よ。それは私！」

これは俺からみると非常に虫のいい発言だ。そう思った俺は、舞が俺に惚れていることは見抜いているので、少し舞を構ってやった。

「何だよ、舞は昨日、勉強の途中でさっさと部活に行ってしまっただろ。舞は忙しいし、怒りっぽいから、俺の担当は上品な加藤春さんと交代した方がいいんじゃないか」

少し離れた机で田中優菜と勉強していた春が、ちらりとこちらを見たのに気づいて、舞は必死になった。(と俺は思った)

「だめよ。綺羅が決めたことだし、何と言っても慎二さんには私が一番いいのよ」

「俺にお前が一番いいなんて何の根拠もないことを言わないでくれよ。気持ち悪い」

ここで綺羅が俺をなだめに割り込んできた。やった！綺羅が俺をまっすぐ見ている。

「慎二さん、一応、私が担当を割り振ったんだから、しばらくは舞と一緒に勉強してね。舞《まい》って本当は優しいんだから、楽しく勉強できるはずよ」

俺は綺羅に格好良くみせたくなり、わざと渋い顔を作って返事した。

「勉強するのに優しさなんていらないぜ」

「うふふ、慎二さんて面白いのね。さあ、舞、慎二さんがそう言うんだから、厳しく指導してやってね」

綺羅はそう言った後、小声で

「さあ、私は成一さんと九九の勉強をしに行くわ」

と囁き、うらなりの方にさっさと行ってしまった。俺は綺羅の後ろ姿を数秒間見送ったが、振り返ると舞が俺を睨んでいた。仕方なく俺は舞を見てやった。

「さあ、始めようか」

俺が言うと、舞は自分が以前に塾でやったことがあるという問題を俺の前に差し出した。今日はこれを俺にやらせようというのだ。

それは、学校の授業ではまだそこまで進んでいない単元の問題だった。俺が分からないという顔をすると、どこから手をつけて良いかすら分からない。教科書も見ながら説明を聞いていると、舞は得意そうに解き方を説明し始めた。教科書も見ながら説明を聞いていると、俺にもだんだん解き方が分かってきた。


最初の問題は舞の説明を受けながら解いたが、二問目は俺だけで解けそうだった。

「おお、分かった。一人でやってみる」

「もう分かったの、凄いね」

舞が俺を持ち上げた。まあ、たとえ相手が舞でも、女子に誉められればいい気分だ。そして、俺は一人でその問題をちゃんと解くことができた。

「当たってる！　もう、期末試験で八十点越えはできるんじゃない」

舞は嬉しそうだった。舞が素直に喜んでいるのが俺には分かった。こいつ、もしかしたらいい奴なのかもしれない。一瞬俺はそんなことを考えたが、すぐ頭からその考えを追い出した。俺が舞を気に入るなんて、そんなことがあっていい訳がない。

二日目も舞は三十分経つと部活に行った。綺羅たちも塾に行かなくてはならないので、そこで勉強会は終わった。舞は部活の後で塾に行くんだそうだ。綺羅とその仲間はみんな相当勉強しているんだな。成績がいい訳だ。

こんな風に、短い時間だが放課後にみんなで勉強を一週間続けた。C組の沢口萌に負けたくないという動機があるとはいえ、綺羅たちはできの悪い俺たちによく付き合ったものだ。

俺と舞がした勉強の内容は簡単に言ってしまえば『まだ学校でやってないことを先にやっておく』ことだった。そうすれば授業のときに教師の言うことがすぐ頭に入る、というより先に分かっているから、ボーとしていても困らない。

塾に行っている連中の中には私語をするなど授業を受ける態度がうんと悪い奴もいる。内容が分かっているから聞いていなくても自分が困る心配はない訳だが、うるさくすると周りが迷惑する。困ったものだ。

第四章　俺も反抗期だ

俺たちを教えている数学教師の遠藤は週末に豆テストをする。その週の授業の大事なポイントを生徒が理解したかどうかを確認するだけの簡単なテストだ。

俺でさえいつも八十点以上取っている楽なテストだが、俺は綺羅たちと勉強を始めた週に百点を取った。

その日の放課後には、綺羅が女神様のような笑顔を見せてくれた。

「慎二さん、やるじゃない。これが慎二さんの本当の力よ」

綺羅が言うと舞も笑顔で言った。

「私がいないと、こうはいかなかったんだからね」

本当に押しつけがましい奴だ。

ところで、他の勉強会参加者の結果も良かったんだ。みんな『未だかつて経験のない点数』を取ったそうだ。雄大は八十点、斉藤莉香と田中優菜の二人も良い結果だったそうだ。うらなりも今までの二倍近くの点を取ったと喜んでいた。なんだか、綺羅の目標である『期末試験でC組に勝つ』ことは達成できそうな気がしてきた。

「やればできるのよ。頑張ろうね」

綺羅が気合いを掛けた。その日は、みんながやる気を出して放課後の勉強をした。短い時間だったけど全員が集中していた。

勉強が終わると、俺は百点のテストを入れた鞄をぶら下げて学校を出た。家に向って歩きながら俺は考えた。母ちゃんにこのテストを見せたら絶対「お祝いだ」と言って酒を飲むだろう。今日はいっぱい飲ませてやろう。

(しかし、これは親孝行のためではない。ある目的達成のためだ！)

家に着くと、早速俺は百点のテストを母ちゃんに渡した。

「母ちゃん、俺、親孝行したぞ」

母ちゃんは百の数字を見ると跳び上がって喜び、そのまま冷蔵庫まで走った。

「百点か！良かったね、お祝いしなくちゃね」

「母ちゃんのお祝いは自分が酒を飲むことだからなぁ」

俺が呆れる振りをすると、母ちゃんは
「お前も飲むか？」

と訊いてきた。俺が中学生と知っていてこんなことを言うんだ。

「俺が酒を飲む訳ないだろ。いらない。それより、たまには俺が注いであげるよ」

俺はグラスに母ちゃんの発泡酒を注いでやった。実はこれが俺の考えた作戦だ。

「おや嬉しい、息子のお酌で飲めるなんて。本当にお前は親孝行だよ」

母ちゃんは一気にグラスを空けた。すかさず俺はまたグラスをいっぱいにした。そして、冷蔵庫から次の発泡酒を取り出した。

「さあ、今日はどんどん行こう！」

「まあ、今日は天国にいるみたいだね。ようし、これの次は焼酎を飲もう。お祝いだものね」

こうして一時間飲み続け、母ちゃんは酔いつぶれて眠った。これで俺は好きなだけテレビを独占してゲームをすることができる。作戦成功だ。

俺はさっそくゲームを始めた。俺はこの前、ゲームの中でたどり着けなかった第二の城に、今度こそは何とかして綺羅姫を連れて行きたかった。

(俺はゲームの中の姫をいつの間にか完全に『綺羅姫』と呼ぶようになってしまっていたんだ)

この前やった時に、第一の城は南門から入ると楽なのが分かっていたので、第一の王の所までは簡単にたどり着いた。

その後、森に行く道と湖に行く道に分かれる地点で俺は森に行く道を選んだ。湖を通るのに二回失敗しているんだから当然の選択だ。その結果、俺は思ったより簡単に第二の城にたどり着いた。

「なんだ。森を通れば良かったのか。翔太が、空を飛ぶ力がなくても第二の城に行けると言ってた通りだ」

俺は独り言を呟《つぶや》いた。しかし、俺はあの憎い竜を倒さないで第二の城に着いたのが不満だった。

「あの竜は倒さないといけない。二回も邪魔された恨みの竜だ！」

テレビ相手にぶつぶつ呟く俺を誰かが見たら薄気味悪く感じただろう。

俺はゲーム機をリセットして最初からやり直すことにした。

第一の城に着くと俺はまだ入ったことのない東の入り口から城に突入してみた。すると柴犬みたいな犬が俺を襲ってきた。柴犬では俺様にかなう訳がない。俺はあっと言う間にその犬をやっつけた。すると、画面に犬の言葉が表示された。『参りました。私を家来にしてください』

さて、どうしようか？以前に家来にしたキジだかサギだかに騙されたから俺はちょっとの時間悩んだ。しかし、あのサギは味方にならなかったとはいえ、敵になった訳でもないから、別に犬を家来にしても損にはならないだろうという結論を出し、犬を家来にしてやった。

そして、俺は姫と一緒に犬を連れて竜の出る湖沿いの道に入った。この犬は竜が出たら何をするのか楽しみだった。

遂に俺たちは竜の出るポイントに着いた。予定通り竜が出てきたので、俺は無駄と分かっていてもビーム・ライフルを発射した。すると、凄いことにそれと同時に犬が竜に飛びかかって行ったではないか。やった、この犬が竜を倒すのかもしれない。俺は喜んで犬の戦いを見つめた。しかし、戦いはすぐに終わった。竜は大きな口を開いてあっという間に犬をくわえ、姫を片手でつかむと空へ飛び立ち、逃げて行ってしまった。キャンキャン吠える犬の鳴き声がだんだん小さくなり、最後に全く聞こえなくなった。これで、三度俺は竜に敗北した。

(あの犬は悪い奴ではなかったけど、弱過ぎたんだ。次はまだ入ったことのない北門から第一の城に入ってみて、何が起きるか確かめよう)そう思いながら俺はゲームをリセットし、最初からやり直そうとした。

しかし、その時母ちゃんがうんうん唸りながら動き出した。そして、目を開けたと思ったら怒鳴り出した。

「慎二、お前何やってるの?ゲーム?もうやめなさい。今日は金曜でモー君が先発の日だよ。分かってんだろうね。ほら、チャンネルを野球にするんだよ」

「少しくらい、いいじゃないかよ」

「うるさい。母ちゃんが寝てる間に、たっぷりやったんだろ」

「いいからもう少しやらせろよ。取り合いになるのは、テレビが二台ないのが悪いんだぞ」

「テレビなんて一台で沢山だよ。ほら、野球が終わってしまうじゃないか」

母ちゃんの剣幕に負けて、仕方なく俺はチャンネルを野球放送にした。するとモー君がアップで映っていた。母ちゃんは満足そうにモー君をしばらく見つめてから言った。

「さあ、父ちゃんが帰る前に晩飯を作っておくか」

そして、母ちゃんは台所に行って水を飲み、冷蔵庫からなにやら取り出して料理を始めた。

ゲームを途中で止められた俺は欲求不満だった。第一の城の北門から入ったら何が起きるのかをどうしても確かめてから終わりたかったんだ。俺は体育座りの格好で居間の壁にもたれ、一人でじっくり考えた。

（ああ、面白くない。ようし、こうなったら俺は母ちゃんに反抗してやる。反抗期になってやるぞ。反抗期ってなんだか子供にとっては良いものらしいし、反抗期になれば、なんでも母ちゃんの思い通りにならないで済むだろう。でも、一人では心細いから、あした翔太と相談して一緒に反抗期になってもらおう）俺の突然の重大決心だった。

その夜、モー君は勝ち投手になったので母ちゃんは機嫌良く寝た。でも、俺は面白くないまま寝た。そして、明け方にこんな夢を見た。

岩山の洞穴で俺が家来にした柴犬が杭に繋がれていた。その隣には、ゲームの中のお姫様の衣を着た綺羅が猿ぐつわをはめられ、手足を縛り上げられて倒れていた。どうやらここは竜のすみからしい

竜はたき火の上に大鍋を載せ、次々に木をくべて湯を沸かしていた。そして、にたにた笑いながら、呟いていた。

「さあ、お楽しみの前に、まず腹ごしらえをしよう。犬肉は体力が付くというからな」

あの俺の味方をしてくれた犬は食われてしまうらしい。そして、綺羅はその後どうなるんだ！竜のお楽しみって何だ！ああ、綺羅が大変なことに

なるかもしれない！俺はうなされて目が覚めた。悪夢だった。

次の日は土曜で休みだったけど、俺にはやることがあった。俺は反抗期になることにしたので、翔太にその相談をしなければならなかったんだ。

朝食の後、俺は翔太に電話してみた。翔太はスマホを持っているから、すぐに本人が出た。遊びに行っていいかと訊くと、部活が終わった午後ならいいという返事だったので、昼飯後に俺は自転車で出かけて行った。

俺が翔太の母ちゃんに案内されて翔太の部屋に入ると、あいつは自分専用のテレビにゲーム機を繋いで遊んでいた。

「お前はいいいな。好きなだけゲームができて」

俺が話しかけると翔太は画面から目を離さずに答えた。

「ちょっと待ってろな。今、大事なところだから」

その後、しばらく翔太は口をきかないでゲームに集中していた。仕方ないから俺は隣で画面を見ていた。

五分ほどで一区切りついたので、翔太はゲームのデータを保存し、俺の方を振り向いて言った。

「お前もやるか？」

「いいよ。」俺は断った。

「今日はゲームでないもっと大事な話をしに来たんだ」

「何だ？大事な話って？綺羅たちの勉強会のことか？お前、成績が良くなったって言ってたよな。なに、勉強会のことじゃないのか？あ、もしかして倉田舞のことか？あいつ最近、お前に凝《こ》ってるからな。注意して見てると分かるぞ」

翔太まで舞の話をする。俺は少し頭に来た。

「なんで舞の話が大事な話になるんだよ。そんなこと、どうでもいいことだろ」

「じゃあ、何なんだよ？」

「あのな、反抗期の話だ」

「反抗期？」

「俺と一緒に反抗期にならないか？中学生くらいの年だと反抗期にならな

いのは不健全なんだぞ。なろうぜ！」

「何だそれ！面白そう」

翔太が簡単に話に乗ってきたので、俺は嬉しくなった。

「一緒に反抗期になってくれるか？」

「いいけど、まず、どんなことをすればいいんだ？反抗期って」

「俺もよく分からないけど、親や社会に反抗すればいいんじゃないのか。例えば二台目のテレビを買え！とか」

「俺はテレビを理由に反抗はできないな。自分のを持ってるから」

「ああそうか。ウーン……理由は何でもいいや。とりあえず反抗してみようぜ」

「そうしよう。じゃあ、まず反抗期って何だか調べよう。間違えると困るから」

翔太はスマホで反抗期を検索した。そして、すぐに反抗期になる方法を見つけ、俺に教えた。

「分かったぞ。反抗期の特徴はこんなものらしいぞ。一、親と口をきたがらない。二、挨拶《あいさつ》をしない。三、何か訊いても、短い返事しか返ってこない。四、目を合わせようとしない。だとさ」

「意外と簡単なんだな。よし、早速やってみようぜ」

俺はそう言ったが、翔太は違う反応だった。

「なあ、これが反抗期の特徴なら、俺はもう反抗期だ」

「何だって！」

「俺は親とあまり話さないし、朝に顔を合わせても挨拶なんてしないし、話しかけられてもろくな返事をしないし、目だってなるべく合わせないようにしているんだ」

「何！翔太に先を越されたのか。翔太も大したもんだな。ようし、俺も頑張るからな」

俺は翔太に負けずに立派な反抗期の子供になろうと決心した。翔太もエールを送ってくれた。

「そうか、慎二も反抗期になるんだな。立派な反抗期をやってくれよ」

しかし、そこで疑問が頭に浮かんだので、俺は言ってみた。

「あのな、翔太みたいな金持ちの家の子供でもやっぱり反抗期になるのか？」

翔太は『金持ち』のところは否定した。

「家が金持ちの訳ないだろう。俺んちは普通だよ」

「そう言ったって、お前は自分専用テレビもゲームソフトも山ほどあって、スマホまで持ってるだろ。金持ちだよ」

「そうかな？このくらい普通だろ」

「普通なのか？」

「当たり前に普通だよ」

「でも……」

俺は気づいた。翔太の家が金持ちなんじゃなくて、俺の家が貧乏なんだ。

「そう言えば、俺がどの友達の家に遊びに行ってもみんな俺の家より金持ちだものなぁ。これが格差というものなのか……」

俺のぼやきを聞いて、翔太は無責任に励ましてくれた。

「気にすんな。お前が頑張って金持ちになればいいことだろ」

その通りだった。父ちゃん母ちゃんが家の財産を飲んでしまうなら、俺が頑張るしかない。しかし、……。俺は翔太に反論した。

「俺が頑張って金持ちになるしかないなら、俺は反抗期になるなんてのんびりしたことは言っていられなくなるよ。それどころか、将来のために何も考えずにひたすら真面目に勉強しなくてはいけなくなるだろ。でも、俺がしたいことはそういうことではないんだ。おれは反抗期になってみたいんだよ！」

「なればいいだろ。誰もだめなんて言ってないぞ。それに反抗期でも勉強はできるから心配すんな。俺は家にいるときは反抗期だけど、学校では普通に勉強してるだろ」

「そうか。なるほどな。そういうことなら安心した。それならば、俺は自分用のテレビを手に入れるまでは、家では反抗期を続けることにするぞ！格差解消が実現するまで頑張るぞ！」

「そうだったのか。お前はテレビが欲しくて反抗期になるのか。そうか！これこそ格差解消だ！頑張れよ！俺は応援するぞ！」

「おお！応援ありがとう！それにしても、翔太みたいに普通に物を持ってる奴でも反抗期になるんだな。いったいお前は何が不満なんだ？」

「不満かぁ？俺は何に不満なんだろ？よく分からないけど何だかムカつくってやつかな？」

「何がムカつくんだ？」

「親だよ親」

「親がムカつくのか？」

俺は親がムカつくなんて考えたこともなかった。

「なあ、翔太。何で親がムカつくんだ？」

「よく分かんないけど、多分、いるということがムカつくんだよ」

「親がいることか？親がいないとお前もいないじゃないか。生活だってできないじゃないか」

「だからムカつくんだよ。あいつらがいないと俺が生活できないなんてけしからんよ」

「へえ！お前の反抗期って贅沢なんだな。何を考えて反抗期になったかと思ったらそんな理由か」

「あのな慎二。俺は考えて反抗期になったんじゃないよ。いいか、よく聞け。俺は考えたんじゃなくて、それを感じたんだ」

「ははは、どっかで聞いたようなことを言うなよ」

「笑うなよ。このムカつく感情は本当に理屈じゃないんだから」

「反抗期って理屈じゃないのか。すると、俺のは本当の反抗期じゃないのかもしれない」

「気にすんな。理由なんて人それぞれでいいじゃないか。一緒に反抗期を頑張ろうぜ」

「そうだな、翔太。しばらく一緒に反抗期になっていような」

反抗期になる話がまとまったので、次に俺たちはゲームの話をした。

俺は竜の話を持ち出した。

「なあ、翔太から借りて今やってるゲームに、湖から出てくる竜がいるけど、あいつの倒し方がどうしても分からないんだ。」

「竜？ああ、前に話したことのあるあの竜か。まだ、そこで足踏みしてたのか。自分で道を切り拓くんじゃやなかったのか」

「でも、どうしても倒せないんだよ」

「そうか、実は俺もあの竜は倒していないんだ」

「何？倒していないのか！」

「うん、初めてやったときに湖のあの竜に邪魔されたから、二回目は森を通ってみた。すると簡単に第二の城に行けた。だから倒していないよ」

「倒してみたいと思わなかったのか？」

「倒さなくてもクリアできたんだから構わないだろ」

「翔太はそう思う訳か」

「慎二はそう思わないのか？」

「俺は、目の前に障害物があったら、避けて通りたくはないけどな」

「避けて通ることができるんだもの、それでいいじゃやないか」

「俺はそうは思わない」

「そうか、だったらゲームの攻略本を貸そうか？竜を倒す部分は俺はまだ読んでないけど」

翔太は部屋の隅に雑多なものが乱雑に積まれた山の中から攻略本を探し出した。そして、ページをめくりながら言った。

「ええと、どこに竜のことが書いてあるんだろうな。……あった、ここだ」

翔太はそのページを開いて俺に見せようとした。でも、俺は差し出された本を手で押し返した。

「いや、そこまではしたくない。攻略本を見て竜を倒してもつまらないから俺は見ないぞ」

「いいから見ろよ。実は秘密にしていたけど、俺はゲームの難しいところは攻略本であっと言う間にクリアするんだ。気持ちいいぞ」

「あれ、この前、翔太は、自分で進み方を見つけるのがゲームの面白さだろって言ってなかったか」

「それは建前だよ。堅いこと言うなよ。俺はゲームが難しい時は攻略本で調べていたんだ。どうせクリアするんだから結局は同じだろ」

「そのやりかたで翔太は面白いのか？」

「面白いさ。あっと言う間にゲームを終わらせるなんて快感だぜ」

「俺は自分で苦労するのがいいな」

「いいから見ろよ。なんなら貸してやるぞ」

「いいよ。断る。見たくない」

「変わってるな、お前。もっともそれはお前の自由だけどな」

こんな会話をして、俺は攻略本を見もせず、借りもせずに翔太の家を出た。

帰り道で自転車のペダルをこぎながら思った。

(七百円の攻略本を手に入れればゲームがクリアできるんだ。でも、それではつまらない。七百円で手に入れられる良い結果なんてつまらない)

俺はやっぱり自分の力だけで結果を出したかった。

俺は家に帰ると、リビングのカーペットに寝っ転がってテレビを見ていた母ちゃんを見つけて声高らかに宣言した。

「母ちゃん、俺は反抗期になったからな」

母ちゃんは落ち着いたもので、首だけこっちに向けて返事をした。

「そうかい。せいぜい頑張れ」

「心配しないのか？」

俺の予想は外れて母ちゃんは全く取り乱さなかった。つまらないので、俺は母ちゃんを脅かしてみた。

「家出するかもしれないぞ」

「家出するときは黙って行くなよ。ちゃんと母ちゃんに断ってから行け」

「家出してもいいのかよ」

「してもいいから、黙って行くなって言ってるだろ。聞こえないのか！」

「最愛の息子が家出するって言っているんだから、少しは心配しろよ」

「いやいや、お前は何でもしたいことをしていいんだよ。だから、安心してどんどん好きなことをしろ。ちゃんと後始末はしてやる。いいか、良く聞け。母ちゃんは若い頃に壮絶な過去を持っているんだ。ちょっとやそっとのことでは動揺なんかしないんだぞ。さあて、息子の反抗期記念にビールでも飲むか」

　母ちゃんは起き上がった。

「また飲むのか。やめろよ。何かある度に発泡酒を飲むなんて悪い癖だぞ」

「おや、止めるのかい？やっぱり反抗期なのかもねぇ。ああ、せっかく酔っぱらって寝込んで、お前にテレビを使わせてやろうと思ったのに……。本当はお前はゲームがしたいんだろ？だから、やらせてやろうじゃないか」

　母ちゃんは俺の心をちゃんと見抜いていた。俺は母ちゃんの優しい親心に気づかないで反抗期になろうとしていたんだ。俺は慌てて言った。

「母ちゃん、飲んでいいよ。好きなだけ飲みな！」

「それでこそ、我が息子だよ」

　俺は反抗期宣言をしたことを忘れ、せっせと母ちゃんのグラスに発泡酒を注いだ。しばらくすると母ちゃんは真っ赤な顔で
「じゃあ、たっぷり楽しみなよ」

　と言って隣の部屋に行き、敷きっぱなしの布団の上に崩れ落ちた。

　やった。これからは俺の時間だ！

俺はゲームを始めた。そして、あっと言う間に第一の城に到着して、まだ通ったことのない北門から中に突入した。さあ、何が現れるだろう！

このゲームを最初にやった時には南門から入った。その時は何も現れなかった。しかし、二度目に西門から入ったらキジが、三度目に東門から入ったら犬が現れた。キジも犬も役に立たなかったが、四度目の今度こそ役に立つ何かが現れるに違いない。

キジ、犬ときたら次は……何が出てくるかは日本人としての平均的教養があれば予想できるだろう。現れたのは思った通り猿だった。俺が見たところではこれはニホンザルだ。猿は赤い顔でキーキーいいながら俺に襲いかかってきた。こいつは小さいくせにすばしっこくて手強かったが、長い戦いの末に俺はこの小猿をやっつけた。すると、小猿の言葉が画面に表示された。『参りました。私を家来にしてください』何度も第一の城での戦いを経験していた俺にとっては予想通りの筋書きだった。

俺は、小猿を家来にして、綺羅姫と共に第二の城に出発した。この小猿を連れて行くとあの竜に勝てるのだろうか？俺はわくわくしながら、いつもの分かれ道で湖のそばを通る道を選んだ。

少し進むと、あの竜が現れた。俺は無駄とは分かっていたが、綺羅姫を守るために竜にビーム・ライフルを発射した。

その時だ。俺の後ろにいた小猿が竜に向かって跳んだ。小猿は空中で一度宙返りしてからちぎれ雲に飛び乗り、耳から何かを取り出して手に持った。それは小猿の手の中で長い棒に変わった。それと同時に、猿は体をぐうんと大きくして、ちぎれ雲に乗ったまま竜に突進して行った。

「お前は孫悟空だったのか！」

俺は思わず画面に向かって叫んだ。一瞬、孫悟空はニホンザルの仲間ではなかったはずだと思ったが、この際そんなことはどうでも良かった。

画面には孫悟空の言葉が表示された。

「あんたは、さっきおいらと見事に戦った。あんたの勇気へのご褒美として、おいらが竜と戦ってやる。おいらを援護しろ」

「さすがは孫悟空。上から目線で俺に援護しろと命令しやがったぜ」

俺は独り言を言いながら、空中に飛び上がった竜の腹やしっぽを狙ってビーム・ライフルを発射した。一方、孫悟空は空中で竜の頭を中心に攻撃していた。

俺の発射したビームがしっぽに当たると竜は一瞬動きを止めた。その隙に孫悟空が如意棒で竜の頭を叩いた。俺たちは最高のコンビネーションで攻撃できる仲間だということが分かった。

俺は自分の体で綺羅姫を竜から隠して戦い続けた。竜は孫悟空の攻撃を避けるだけで精一杯だったし、姫に近づくと俺がビームを発射するのでこの戦いでは姫を奪うことはできそうもなかった。俺は勝利を確信した。

遂にその時が来た。孫悟空の強力な一撃が竜の脳天に見事に命中すると、竜は空高く逃げ出した。孫悟空も竜の後を追って舞い上がり、どんどん遠く小さくなって行った。再び画面に孫悟空の言葉が表示された。

「後はおいらに任せろ。あんたは姫を連れて旅を続けるんだ。必ず第十八番の城までたどり着くんだぞ。健闘を祈る」

やった。俺は攻略本に頼らずにあの竜の妨害を乗り越えた。主に竜と戦ったのは孫悟空だが、俺が孫悟空が化けた小猿と本気で戦ったから孫悟空を味方にできたのだ。俺が小猿に負けていたら、このゲームでは孫悟空が現れないようにできていたんだ。本気って大事だよな。
竜を退治したらほっとして一休みしたくなり、俺はゲーム機の電源を切った。そして、隣の部屋の母ちゃんの寝顔を見ながら考えた。（これからゲームをしたくなったら、母ちゃんに酒を飲ませればいいんだ。最後の第十八番目の城に着くまでには、たくさんの困難が待ちかまえているだろうが、気長にやっていこう）
こうして俺の二台目のテレビ目当ての反抗期は終わろうとしていた。テレビが使えるなら俺には反抗期になっている理由がないのだ。母ちゃんだって俺がゲームをする度に酒が飲めるんだから嬉しいだろう。
俺に本当の反抗期が来るかどうかは神のみぞ知ることだ。でも、それは、来ないような気がする。俺は母ちゃんの相手をするのに忙しくて反抗期になっている余裕がないんだ。

第五章　二年B組裏サイト？

期末試験が近づいた。綺羅にとってはC組の沢口萌との決戦の時だ。

俺はもう数学のテストで八十点以上取る自信を付けていた。小川雄大や斉藤莉香、田中優菜も七十点程度取るのは間違いない。中間試験の時よりもクラスの平均点が上がるのは間違いなかった。

しかし、そんな時に、何とC組でも沢口萌が放課後の勉強会を始めたという情報が伝わってきた。それを知った綺羅は勉強会のメンバーだけでなく、クラスの全員に全教科であと五点だけでも点数をアップするよう、励ますというか、脅かすというか、元気づけるというか、ええと、中学二年生の俺のボキャブラリーでは何といっていいかわからないが、とにかく綺羅は得点アップを呼びかけるチラシまで作って、今までより更に活発に動き出した。

担任の美佳先生は綺羅が活発に動き出したことを歓迎していた。みんなに勉強を呼びかけているんだから、そりゃあ学校の先生の立場なら喜ぶだろう。美佳先生はある日の帰りのホームルームでこんなことを言った。

「綺羅さんはクラス全体に檄を飛ばし始めたのね。勉強で檄を飛ばす生徒に会ったのは私は初めてです。凄いですねえ。みんな期末試験では頑張っていい成績を取ってくださいね」

ああ、こういうふうに自分の考えを強烈に呼びかけて同意を求めることを『檄を飛ばす』っていうのか。俺は一つ知識が増えて儲けた気になった。

ところで綺羅がいくら檄を飛ばしても、思うように反応できない奴がいた。それは松浦成一、通称うらなりだ。うらなりは放課後の勉強会にきちんと出て綺羅の個人指導を受けていたが、成果がはかばかしくなかった。

確かに綺羅は辛抱強く教えていた。でも、九九の復習を今頃しているうらなりが急に中二の数学の成績を上げることは、とても大変なことだった。

それでも、綺羅はぐちをこぼしたり、うらなりの悪口を言ったりはしなかった。優しく辛抱強く相手をしていた。

だが、さすがの綺羅もやり方を変えようと思ったようだ。テストの二週間前になった日の帰り際にこんなことを言い出した。

「期末テストが近づいたので勉強会のこれからのことをもっと相談したいけど、みんな部活やら塾やらで忙しくて今は話ができないから後から掲示板を見てね」

俺は何の話か分からなかったので綺羅に訊いた。

「掲示板ってなんだよ。どこの掲示板だよ？」

「ごめん、詳しいことは舞に教えてもらってね。私は急いでるの」

綺羅はそう言って教室を出て行ってしまった。仕方なく、俺は舞に尋ねた。

「何だよ掲示板って」

「知らなかったの？ああ、慎二さんは携帯を持ってなかったか。あのね、ネットに二年Ｂ組の勉強会の掲示板があるの」

「何だそれ」

「学校で話せなかったことをみんなが書き込んでるのよ」

「何で俺だけ知らなかったんだよ」

「携帯を持っていないからでしょ。……あ、そうだ、確かコンピューターからでも繋がるんだった」

「だったら、俺にも教えてくれれば良かったのに」

「そうだったね。今まで教えないでいてごめんね。とにかく、家に帰ったら覗いてみてね」

隣で話を聞いていた山内芽依が掲示板の URL を可愛いネコのイラストのメモ用紙に書いてくれて、俺に渡しながら言った。

「パスワードは kira-ki-ra48 よ」

「パスワードがあるのか！」

「パスワードは紙に書かないから、ちゃんと覚えて行くのよ」

「きらきら 48 ならすぐ覚えられるよ」

「違う、kira-ki-ra48 だってば。ハイフンを忘れないで。あと、今いる人以外には秘密の掲示板だから勝手にその辺の人には教えないでよ。同じクラスの人でもだめだよ」

「分かったよ」

「本当にだめだからね。じゃあね。私たちも行くから」

俺に念を押すと芽依たちはさっさと塾へ行き、舞は部活へ行ってしまった。勉強会の先生役の連中はあっと言う間にいなくなった。本当に忙しい連中だ。

俺は雄大に訊いてみた。

「お前、掲示板って知ってたのか？」

雄大は少し唸ってから話し出した。

「ウーン、……知ってた。勉強会で携帯持ってる人は知ってる」

その場に残っていた莉香も優菜も知ってると答えた。

「なんだよ、本当に俺だけが知らなかったのか」

俺は面白くなくて、知らず知らずのうちに口がとんがってしまった。雄大は俺の顔を見て言った。

「しょうがないよ慎二は携帯を持っていないからな」

「携帯を持っていないと仲間外れかよ」

「いや、仲間外れにする気はないけど、携帯を持ってないと話がすぐ通じないのは仕方ないだろ」

「くそっ。貧乏はつらいな」

俺は家が貧乏っていうだけで、仲間の秘密のコミュニケーションの外にいたんだ。ああ、母ちゃんが飲む発泡酒が憎い。


俺はうちに帰って母ちゃんに言った。

「これから秘密の掲示板を見るんだから携帯貸せよ」

すると母ちゃんは心配したようだ。

「何それ、秘密の掲示板って」

「クラスの掲示板だよ」

「それって本当は裏サイトっていうんじゃないのか！このまえワイドショーでやってたぞ。人の悪口がいっぱい書かれているんじゃないのか！」

「綺羅がやってるんだからそんなことはないと思う。とにかく繋いでみる」

俺は母ちゃんのガラパゴス携帯を借りた。コンピューターでも繋がるとは聞いたけど、みんなと同じように携帯で掲示板を覗いてみたかったんだ。

俺は携帯のボタンを押して掲示板に繋ぎ、パスワードを入れた。母ちゃんは隣から覗き込んでしつこく言った。

「なあ、慎二。パスワード付きの掲示板なんて怪しいぞ。裏サイトだろ」

「静かにして。黙って見ててよ」

母ちゃんをなだめながら俺は現れた画面を見た。

「繋がった。何々、綺羅が何か書いてるぞ。『明日から　数学以外の教科も勉強します　歴史の教科書を忘れないでね』だって。何だよ、まるで普通じゃないか」

母ちゃんも安心したみたいだった。

「何だ、何も心配することはないね。他の人は何て書いてるの？」

「成一も書いてる『分かりました』だとさ」

「あんたも何か書いてみたら」

「書いてみる」

俺は携帯をいじり『俺は電気のことも勉強したい』と書き込んだ。この掲示板を使っているみんなと仲間になることができた感じがして、学校で落ち込んだ気分が解消された。

夕食後、もう一度母ちゃんの携帯を借りて掲示板を覗いたら、俺の書き込みに綺羅からのコメントが付いていた。『慎二さんは歴史は得意だから電気を勉強してもいいね　理科の問題集も持ってきてね』

うああああ！綺羅様から直接返事を頂いてしまった！俺は少し心臓が速く動き出したのを感じたが、母ちゃんが俺を見ているので隠すのに苦労した。

綺羅は書き込んだ全員にコメントしていた。あいつは忙しいのに頑張ってる。少し前からの書き込みを読んでみて、うらなりも雄大も綺羅様からのコメントをずっと前から何度も頂いていたことが分かった。あいつらやる気を出す訳だよ。

次の日、勉強会の時に綺羅は参加者に言い渡した。

「これからは数学だけでなくて、別な教科でも点を稼ぐことを考えようね。歴史でも点を取ろうよ」

綺羅は全員に向かってこう言ったが、俺には分かった。綺羅はうらなりのために歴史の勉強の世話を始めるんだ。うらなりの数学の力を伸ばすことに限界を感じていたことは少し前から俺も気が付いていた。

綺羅は家で作ってきたプリントを全員に配った。

「テストに出そうな大事なとこよ。これを覚えておけば、点数アップ間違いなし」

プリントには歴史上の人物の名と、業績が並んで印刷されていた。

「よくこんなもの作れたな！」俺が感動して言うと、綺羅は、

「塾の資料を参考にしたのよ。でも、コピーじゃないからね。昨日の夜パソコンで作ったんだけど、これを作りながら私は大体覚えちゃったから、ちょうど良かったわ」

「お前、やることがカッコいいよ」

俺は心からそう思って言った。人のためにやることが自分の役にも立つなんてめちゃ格好いいぜ。

「慎二さんに誉められるなんて、私は初めてだわ」

そうなんだ。勉強会に呼ばれるまで、俺は綺羅と話すことはあんまりなかった。俺が親しく話していい相手だとは思っていなかったんだ。何と言っても、ちょっと距離が近くなるだけで心臓がドキドキするんだし、それがばれたらどうしようと思って、そっけない態度をとってしまうことが多かった。俺から見て綺羅は雲の上の人だったんだ。こんなに普通な会話をできるようになるとは思っていなかった。そうは言っても、やっぱり今の今も少し胸がドキドキしているけど、俺は平静を装って言った。

「誉めてるんじゃないぞ。やることがカッコいいという事実を言ってるだけだぞ。本当だぞ」

俺が綺羅を誉めると、それまで黙っていた舞が我慢できなくなったらしくこの会話に混ざってきた。（こういうのを焼き餅を焼くとか、大人の使う難しい言葉でいうと嫉妬とかいうんだよな。）

「じゃあ、今度は私が何か作ってくる」

舞がそういうので、俺はリクエストした。

「じゃあ、電気回路系のプリントを作ってくれよ」

「電気は私、得意じゃないの」

「ちょうどいいじゃないか。自分の勉強にもなるんだからやってくれよ」

俺は自分でも綺羅に対するときと比べると言葉遣いがぞんざいになっているのを感じながら舞に言った。綺羅も俺の言ったことを支持した。

「そうよね、舞の電気の勉強にもなるんだからちょうど良いわよ」

「じゃあ、頼んだぞ、舞。俺のためだと思って頑張ってくれ」

「何が俺のためよ。勝手なんだから。……まあ、やってみるけどね」

「舞、偉いわ！じゃあ、電気の勉強は舞のプリントで明日やることにしようね」

綺羅がそう言ったので、その日の勉強会は歴史だけをすることになった。勉強といっても、昔の有名人の名を綺羅が言って、それは何をした人物なのかを誰かが答えるというクイズごっこを二十分くらいして遊んだだけだったが、面白かった。

家に帰ると俺はコンピューターを起動させて掲示板を覗いた。何が書いてあるか楽しみだった。

舞の書き込みがあった。書き込み時刻を見ると学校から帰る途中にスマホから書いたらしかった。ああ俺もスマホか携帯が欲しい。

『電気のプリントなんて大変　電磁誘導なんてまるで魔法じゃん　訳わかんない　みんな明日は助けて　(T_T)』

俺は舞の書き込みを読んでふふんと鼻で笑ってしまった。俺は舞に『頑張れ　俺がついてる』と本当はそんなことは全く心にもないコメントを書いた。

夕食後、テレビは野球を見る母ちゃんに取られたので、俺はまた掲示板を見た。書き込みが思ったより増えていた。俺以外はみんなスマホで書いてるみたいだ。書き込み時刻からみると、あいつら飯を食いながらでも、テレビを見ながらでも書き込んでいるんだろう。暇な連中だ。それともみんなネット中毒か。

舞が俺にコメントしていた。『慎二さんに励まされてうれしい　頑張るべえ』みんなが見る掲示板にこんなことを書きやがって。まあ、俺も舞に対して全く心にもないことを書いているんだからおあいこだろう。

雄大やうらなりも『きょうは楽しかった』といった類の平凡な書き込みをしていた。莉香は『わたし　理科がとくいでないから　助かる』優菜は『あしたも　おしえてね』と素直な良い子の書き込みをしていた。

勉強会の先生役の芽依や千晶、春たちは『あしたも　がんばろうね』などと優しく励ましているんだ。そして、綺羅は全員に短く『いいね』とか『OK』とかコメントしていた。短くても綺羅にコメントをもらうだけでやる気が出るのは綺羅の人徳なんだろうな。とにかくこの掲示板は母ちゃんの心配するような裏サイトではないことは確かだった。

俺はもう少し何か書こうと思った。みんな品行方正なことばかり書いているので、少しふざけたくなって『この掲示板のこともっと早く教えてくれよな！　まじうけるぅ！　（はあと）すげえやばい掲示板じゃん』と書き込んだ。

そんなことをしていたら、発泡酒片手に母ちゃんが

「ほら、モー君のチームがチャンスだぞ、パソコンばかりいじってないで一緒に応援しろ」

と騒ぎ出した。テレビを見たら、モー君のチーム『天然ファルコンズ』は一対二で負けていたが、九回裏二アウト一、二塁で四番打者に打順が回っていた。

「おお！たまには勝つかな」俺が言うと、母ちゃんに怒られた。

「ばかもん！ここのところファルコンズは三連勝だろ！縁起の悪いことを言うな。お前のせいで負けたらどうする！」

「俺はファルコンズを負けさせるような不思議なパワー持ってないってば」

俺たちが見ていると、四番打者は、ファールで粘った後、見事にボールを打った。ボールは凄い勢いで外野へライナーで飛んで行ったが、残念ながらフェンスの手前で走り寄ってきたセンターのグローブに収まった。

「見事な当たりのセンターライナーでした。スリーアウト、試合終了です」

テレビのアナウンサーの声を聞きながら、母ちゃんは悔しがった。

「ほら、慎二がろくでもないことを言うからアウトになっただろ。この親不孝者が」

「俺は関係ないから。それに野球でそんなにむきになるなよ。今はサッカーの時代だぞ」

「うるさい！家は野球だ。モー君なんだ。ああ、悔しい！でも、負けてしまったのはしょうがない。明日の試合の景気づけのためにビールをもう一本飲むぞ」

母ちゃんは、また冷蔵庫から発泡酒を取り出してぐびぐび飲んだ。俺は呆れた振りをして母ちゃんを放って置いてパソコンの前に戻った。

画面を更新すると、さっきの俺の書き込みに、もうコメントが付いていた。書いたのは綺羅だった。『もう　慎二さんたら　この掲示板は上品な掲示板よ　下品な言葉は使わないでくださいね』

しまった、綺羅様の機嫌を損ねた。まずいと思って俺はすぐ返事を書いた。綺羅様の機嫌を取り戻すためには丁寧に書かなければならない。俺は十分に文体に気を付けた。

『綺羅様へ　不適切な文体の書き込みをしてしまい大変失礼いたしました

これからは上品な掲示板になるよう注意いたします　敬具』まじめな手紙の最後には敬具っていう言葉を書くはずだから、俺は『敬具』をちゃんと付けた。これで完璧なはずだ。俺はパソコンをやめて、風呂に入って寝た。夜中に俺はインターネットの仮想空間で笑い者になっていたんだけど、ぐっすり寝ていた俺にそんなことが分かる訳がなかった。

次の日の朝、登校途中に綺羅に会った。綺羅は俺の顔を見るなり話しかけてきた。

「ねえ、慎二さん、昨日の夜は大変だったのよ」

いきなりだったので、俺は胸ドキをする間もなく返事をした。

「何だよ、急に」

「何でもいいから、まずこれを見て」

綺羅は俺の目の前にスマホを差し出した。

綺羅のスマホの画面には俺が寝た後の掲示板のみんなの書き込みが表示されていた。それを読んで俺はびっくりした。

へえっ！俺の書いた『敬具』で、みんながこんなに盛り上がっていたとは知らなかった。

雄大『敬具が使えるなんて慎二君って相当の物知りだね』

舞『敬具って　プッ』

莉香『敬具かぁ wwwww』

芽依『慎二さん　起きてる？敬具』

千晶『慎二さん　何か反応してよ　敬具』

成一『慎二さん　お元気ですか？敬具』

うらなりまで書いていた。

こんな書き込みが続いていて、最後の方に綺羅の書き込みがあった。

『みんなやめて　慎二さんの返事がないのはもう寝たからだと思う　明日私が慎二さんに教えてあげるから「敬具」の書き込みは　もうなしにしてね』

「敬具ってそんなに凄いのかなあ？」

画面を読み終わって俺が感想を言うと、綺羅は「フフ」とちょっと吹き出しかけたが、その後に優しく教えてくれた。

「敬具っていうのは正式な手紙に書く言葉だけど、ネット掲示板で使う人はとても珍しいわ。それに、本当の『敬具』の使い方は、手紙の最初に『拝啓』を書いて、その後に時候の挨拶なんかを書いて、それから本文を書いて、最後の挨拶の後に『敬具』を書くものなの。『拝啓』とペアで使うものなのよ。だから、短い文の最後に突然『敬具』だけ書いてあるのを見て、みんなあんな反応をしてしまったのよ」

「あ、敬具ってそういうものだったっけ？よく調べないで書いてしまったけど、でも、みんな酷いなあ。この程度のことで、ここまでしつこくからかうことはないだろう！」

「みんなふざけるネタがほしいのよ。ネットではちょっとしたことでもつついてくる人もいるのよ」

「でも、勉強会仲間の掲示板だぞ。もっと真面目にやんなきゃ」

「あら、慎二さんもヤンキーみたいな書き込みをしたでしょ」

「あれは、掲示板を盛り上げようと思っただけだよ」

「ほら、そういう心理が怖いのよ。盛り上げるつもりで書き込んだことが、文字だけで読むと酷《ひど》いことのように感じてしまうことになる時もあるの。しかも、文字だからいつまでも残るでしょ。みんなにも後で注意しなくちゃ」

「お前、妙に詳しいな」

「ちゃんとニュースを見て研究してるもの。この前はテレビで学校の裏サイトの特集番組だってやってたわよ。私の掲示板が裏サイトみたいになるのはごめんだわ」

「そうか。俺も気を付けなくちゃ。それにしても、みんな真夜中にこんなことを書き込んでいるって、よっぽど暇なんだな」

「スマホを持ってる人は枕元に置いて好きなときに軽い気持ちで書いてしまうのよ。私もそうだけど」

「俺はパソコンからしか書けないから、夜中はみんなの書き込みに反応できないのか。置いてけぼりなんだ」

「でも、慎二さんは夜中はネットから離れる訳だから、かえってその方がいいかもしれないよ。私、自分でもネットのやりすぎと思うことがあるもの」


綺羅と話しながら歩いているうちに学校に近づいた。ふと後ろを見ると、雄大とうらなりと翔太と舞が俺たち二人のすぐ後ろにいた。舞以外の三人はにやにやしていた。

「何だ、お前らいたのか」俺が声をかけると、翔太は、

「いやあ、お二人さんが仲良く話しながら歩いていたから、声をかけにくくて……」

舞は俺と綺羅の顔を見比べながら言った。

「ねえ、真剣な話だったんでしょ。目がまじだったわよ」

綺羅は後ろから現れたこの四人の方を向くと少し大声になった。

「そう、真剣な話よ。あのね、あなたたちが原因なのよ。昨日の『敬具』

の書き込みの話をしていたの！」

「あ、それ僕も書いた。読んでくれたの？」

うらなりが嬉しそうに言った。しかし、綺羅は凄い剣幕になった。

「私の掲示板に人をからかうようなことを書かないでね。今度書いたら立ち入り禁止にするよ！」

綺羅の強い口調にうらなりたちは黙ってしまった。

その日は放課後まで、『勉強会仲間』は暗い気持ちだったらしい。綺羅が怒るとみんな畏れをなすんだ。本当に綺羅は女王様なんだ。


放課後になった。勉強会を始める前に綺羅はみんなに俺に謝るように促した。みんな素直に昨日の夜に俺をからかったことを謝った。もっとも、俺はからかわれたことを今日の朝まで知らなかったんだから変な話だ。

謝られた後で俺も言いたいことを言った。

「顔を合わせて話せば大したことではないと分かるけど、文字になってるのを読むと、みんなが全員で一緒になって俺の悪口を言ってるみたいで、なんだかきついぞ」

　さっき謝った舞がまた謝った。

「ごめん、本当に深い意味はないのよ」

　うらなりも再び謝った。

「みんなが書いてたから調子に乗っちゃった。ごめんなさい」

　何回も謝られて、俺はこの話はもう終わりにしていいと思った。

「まあいいや。みんなに謝られたからもういいよ。さあ勉強しよう」

　その日の勉強会は舞のレポートで電磁誘導や電圧・抵抗・電流の関係の復習をした。舞が掲示板で「電磁誘導って魔法！」とか言ってたけど、それは本当だと俺も思う。電気は毎日使っているから灯りが点くのも、テレビが点くのも当たり前だと感じているけど、何で磁石と導線を近づけて動かすだけで電気ができてしまうの？と思うと、本当の理由は分からない。これは宇宙の謎だよな。舞は理科で苦しんでいるようだけど、俺は理科って面白いと思う。

　その日の夜、俺は布団にもぐって寝入るまでの間にいろいろと考えた。

（敬具の使い方を間違えるくらいのことは大事件ではないのに、仲の良いクラスメートでも一斉にみんなでからかい始めたんだ。綺羅の言うとおり、書いた方は軽い気持ちで書き込んでも、文字になって残っているというのは書かれた方には辛く重いことだな。まあ、謝ってもらったからいいけど。

あの掲示板は裏サイトじゃないはずなのに、綺羅が『やめて』と書かなかったら、みんなで一斉に俺をからかう掲示板になってしまうところだった。っていうか、そうなってしまっていた。何だか恐ろしい）

（でも、敬具の使い方の間違いをからかわれたことより、俺はスマホを持たないために起きた置いてけぼりの方が悔しい。俺のことでみんな盛り上がっているのに、肝心の俺が何も知らないでいたんだ。

ああ、本当にスマホがほしい。携帯でもいい。とにかく持っていれば自分が知らないうちに変なことを書かれることもないだろうし、気が付いたらすぐに反論だってできる。今度はスマホを要求するために反抗期になってやろうかと思う位だ。

でも、反抗期をしなくても、母ちゃんにうまく話せば何とかなるかな）

俺は布団の中で明日の作戦を立てながらいつの間にか眠ってしまった。

明け方夢を見た。夢の中で、俺はスマホを買って貰って喜んでいた。早速、綺羅にメールを出そうとしていたら、そこにこの前孫悟空が倒したはずの竜が突然現れ、スマホを横取りして空に逃げて行った。俺は必死に追いかけたが追いつける訳がない。諦めかけたところに、救世主が現れた。再び孫悟空が駆けつけてくれたんだ。孫悟空は竜と見事な空中戦をして、スマホを取り返して俺に渡してくれた。俺は嬉しくて孫悟空をハグした。孫悟空も俺を強くハグしてくれた。でも、何だか、様子がおかしい。よく確かめると、いつの間にか孫悟空の顔は舞になっていた。舞は嬉しそうに「ウフフフフ、ウフフフフフ」と笑っていた。ぎょっとして俺はハグを止めようとしたけど、舞の顔をした孫悟空はますます強くしがみついてくる。そのうち孫悟空は完全に舞の姿に変わってしまった。「やめろ！やめろ舞、やめろ……俺がなんでお前にハグされるんだ。いやだ。やめろ！やめろぅ！うあぁぁ、助けてくれぇぇ」俺は叫んだ。うなされて俺は目が覚めた。悪夢だった。

その日、俺が学校から家に帰ると、母ちゃんはいつものようにリビングのテレビの前で寝っ転がっていた。俺はその母ちゃんの目の前に正座し、携帯かスマホを手に入れるための交渉を開始した。最初に、俺は真剣な顔を作って言ってみた。

「母ちゃん、俺、みんなについて行けなくなった」

「いいんだよ、無理についていて行かなくても。普通に勉強してれば何とかなるから」

「勉強の話じゃないんだよ」

「勉強でないのか。じゃあ何だ？」

だらしなく寝っ転がっていても、この日の母ちゃんは俺の話を聞いてくれた。

「俺は友情を失いかけているんだ」

「何！お前、学校でけんかでもしたのか？」

「いや、母ちゃん。俺は、けんかなんてしていないよ。でも、仲間を失いそうなんだ」

これを聞いて母ちゃんは、がばっと起きあがって俺と向かい合った。

「お前、いじめにあっているのか？お前をいじめる相手は誰だ！いじめだったら、母ちゃんが学校に乗り込んで行って何とかしてやる」

「それはやめてくれよ」

「いや。お前のためになるなら、何でもする。お前を守る役に立つなら東京スカイツリーのてっぺんからだって母ちゃんは飛び降りてみせるぞ……

…バンジーで」

(俺のために何でもするというのなら、発泡酒を毎日飲むのをやめろ）と俺は思ったが、口には出さなかった。それを言ったら母ちゃんが暴れ出すのが確実だからだ。

「いじめじゃないよ。でも、俺はみんなの話について行けなくなっているんだ」

「お前ってそんなにバカだったっけ？」

「そりゃあ、確かに俺は母ちゃんの子だけど、バカというほどではないよ」

「お前、自分が何を言ってるのか分かってんだろうね」

「ついて行けないというのは、俺はみんなのネットワークに入れないってことなんだ」

「何だ？ネットワーク？」

「みんな携帯で連絡し合っているのに、俺はその仲間に入れないんだよ」

「そんなこと、何の話だったかを後で誰かに聞けばいいことだろ」

「それじゃ意味ないんだよ。みんなと同時に話が通じないとだめなんだよ」

「なあに、勉強と関係ない話だったら無理について行くこともないだろ」

「違うんだ。母ちゃん、友情のためには携帯かスマホが必要なんだ。できればガラケーよりスマホの方がいいんだけど……」

「お前、スマホがなくて仲間外れになっているのか？」

「そうなりそうなんだ。みんな学校が終わってからもスマホで連絡し合っているのに、俺だけその仲間に入れないでいるんだよ」

「あれ？コンピューターで掲示板に書き込みができるんじゃなかったのか

い？」

「できるけど、それだけではだめなんだ。みんな夜中に布団の中でも掲示板やメールで連絡し合っているんだ。俺はそれができないんだ」

「つまり、携帯かスマホが欲しいということかい？」

「うん」

「分かってるか？家にはお金がないの。携帯を持つと毎月必ず決まったお金が出て行くようになって、もう止められなくなるの。だから、気安くは買えないんだよ」

「でも、母ちゃんは持ってるだろ」

「そりゃあ、携帯を持つくらい大人の常識だもの」

「今は、中学生の常識にもなっているんだぞ、携帯は」

「中学生の仕事は勉強だろ。携帯で頭が良くなるのか？」

「成績とは関係ないよ。周りを見ると、良いやつは良いし、悪い奴は悪い。携帯は成績とは関係ない。持つ人次第だよ」

「成績と関係ないなら無くてもいいだろ」

「母ちゃん、話を聞いてるのかよ。勉強の話じゃないんだ。友情の話だよ。俺は世界から孤立しているんだ」

「ウーム。慎二が仲間外れになるのは確かに可哀想だなぁ。ようし、金はないけど何とかしてやるべえ。父ちゃんと相談してみるからな」

その夜、父ちゃんと母ちゃんは『息子が携帯を欲しがっている件』を発泡酒を飲みながら相談した。時々、うるさがられながらも、俺も口出しした。そして、相談の結果、次のような母ちゃんと俺の妥協案が成立した。

一、携帯は父ちゃんが帰るまで母ちゃんが使う。父ちゃんが家に帰ったら、母ちゃんは携帯が無くてもあまり困らないので、俺が使っても良い。
二、但し、親戚や近所のおばちゃんから連絡があったら、すぐ母ちゃんに教えること。

という決まりができて、俺は夜中に携帯を貸してもらえることになった。

携帯を借りて布団に入ると、俺は早速携帯の中身を調べた。もちろん携帯を分解した訳ではなくて、電話帳や履歴を覗いたんだ。すると俺の母ちゃんは、酔っぱらいにしては品行方正だということが分かった。

メールは父ちゃんと親戚や近所のおばちゃんたちとのやりとりだけで、怪しげな男の影は見当たらなかった。電話帳を調べても浮気の気配は見つからなかったんだ。何かつまらない。でも、考えてみれば、いくら飢えていても、あの母ちゃんを選んで不倫する男なんている訳ないよな。

母ちゃんのプライバシーを覗き見した後、俺は携帯で綺羅の掲示板に繋《つな》いでみた。俺が一番携帯を借りたかった理由が綺羅の掲示板に寝床から書き込むことだったんだ。

何が書いてあるのかを楽しみにしながら掲示板を開くと、綺羅の書き込みがあった。『きょうは大事な連絡はありません　私はもう寝るから　店じまいです』なんて書いてあり、それに対して、雄大が『おやすみ』、芽依も『おやすみ』などとみんなが、別れの言葉を書いていた。俺はみんなに遅れたようだ。仕方がないので、俺も『みんなに遅れたけど　おやすみ』と書いて寝ようとしたが、五分位して、寝付かれぬまま俺は気になってもう一度掲示板を覗いた。すると俺に舞からのコメントが来ていた。
『慎二さん　まだ起きてたの　もう　寝ましょう　明日の勉強会が楽しみ！』
　くそっ、綺羅のコメントが欲しかったのに、また舞が横から余計なことを書き込みやがった。でも、可哀想だから俺は舞にコメントした。
『俺は本当にもう寝るんだぞ　だから　もう俺にコメントするな　以上』
一分後、舞が書き込んだ。『うん　もうコメントしないから』
俺もまた書き込んだ。『だから　もう何も書くなよ！』
すぐ、舞が書き込んだ。『ごめんね　こんどこそ止める』
俺が書き込んだ。『また書いたらただじゃおかないぞ』
舞が書き込んだ。『ただじゃおかないって　何するの？』
俺『明日まで考えておく　ひどいめにあわせてやる』
俺と舞が盛り上がっていたら、割り込んできた奴がいた。
『お二人さん　仲が　よろしいようですね』
うらなりだった。これには舞がすぐ反応した。

『成一さん　まだ起きてたの？期末テストが近いから勉強してたの？』
『テレビ　見てた』
『勉強してるんじゃないなら　もう　寝なさいよ』
『はい』
　舞に言われたら、うらなりはすぐに引っ込んだ。あいつは大抵素直に人の言うことを聞くんだ。
俺『舞も　もう寝ろよ』
舞『明日もよろしく　おやすみ』
俺『もう　今は明日じゃないぞ　今日になった　寝る』
舞『でも　ベッドの上で慎二さんとお話できるなんて思っていなかった』
　俺の心と体は敏感に反応した。『やばいこと書くな　みんなが見る掲板だぞ』
舞『でも　みんなこの時刻はベッドの上や布団の中で書いてるんだよ　同じだよ』
俺『そうだったか　でも　本当にもう寝る』

朝になって母ちゃんの声で目が覚めると、携帯は枕元に転がったままだった。俺はまだ眠かった。携帯を持つということは眠いものだと分かった。

「ほら、携帯返せ。飯食ってさっさと学校に行け」

母ちゃんが急《せ》かすので、俺は急いで飯を食べ、家を出た。

みんなのように携帯を学校に持って行くことはできないけど、夜中にはネットで勉強会の仲間と人並みに付き合えるようになったので、俺はまあいいかと思いながら学校へ向かった。

学校の近くまで行くと、頼みもしないのに、舞が俺を見つけて寄ってきた。そして、例によって馴れ馴れしく話しかけてきた。

「慎二さん、おはよう！ねえ、昨日は楽しかったね。早くひどい目にあわせてよ。ただじゃおかないんでしょ」

「なんだよ。俺を挑発《ちょうはつ》してんのか。あんな話を本気にするなよ。それより、お前のせいで俺は眠いんだぞ。どうしてくれるんだ」

俺は拒否的に聞こえるように答えた。うっかり心の隙を作ってしまうと舞はそこにつけ込んで俺に迫ってくるからだ。こいつは俺を狙っているから要注意だ。しかし、舞は素直に謝った。

「ごめんね」

「なんだ。謝るのか？舞には似合わないな」

でも、舞の言うことには続きがあった。

「あのね、私、いい考えがあるの」

「なんだよ」

「掲示板だと書いていることをみんなに見られちゃうでしょ」

「当たり前だろ」

「だから、二人だけのお話は電話やメールでしましょ。番号とアドレス教えてよ。昨日の様子だと携帯を買ってもらったんでしょ」

うあぁ！昨日の夜、舞が可哀想だと思って掲示板で舞とチャットみたいな会話をしたのが失敗だった。舞はすっかりその気になってしまっている。

「だめだ」

「いいでしょ」

「だめだ」

「何で？だめな訳は？」

舞はしつこく迫って来たが、俺にはうまく逃れる手があった。

「あの携帯は母ちゃんのだ。夜中だけ俺が貸してもらっているんだ。だから、舞がメールを出しても、最初に読むのは俺の母ちゃんだぞ。それでもいいのか？」

親にメールを読まれるのは嫌がるだろうと思ったんだけど、舞はさらっと予想外のことを言った。

「別にそれでいいよ」

これを聞いてぎょっとした俺の耳に、もっと恐ろしい言葉が聞こえてきた。しかも、ここぞというとき舞が使うアニメ声だったんだ。

「どうせだったら、親公認の仲になろうよぅ。ねっ、ねっ、いいでしょ」

これじゃ、事実上の舞の告白じゃないか。何か言わなければ負ける。かといって、女を強い言葉で冷たく突き放すなんてことは俺にはできない。まずい、誰か助けてくれ！このままでは俺は舞のものになってしまう。神様、綺羅様、何とかしてくれ！俺は必死で抵抗した。

「ばか。何考えているんだ」

何でもいいからしゃべらなくてはいけないと思って、俺はとにかく頭に浮かんだことを口に出した。

「あのな、俺たちは十八歳未満だから、そういうのは早いんだ。いや、禁止なんだ。まだ早いんだよ」

「何が早いの？」

「映画だって R-18、十八歳未満お断りっていうのがあるだろ。あれと同じだよ。中学生にはだめなんだよ」

自分でも何を言っているのか訳が分からないことをしゃべってしまったが、これを聞いて舞に変化が現れた。

「R-18 の映画？十八歳未満お断り？あんた、何考えてんの！いやだ。すけべ。エッチ。変態。慎二さんて嫌らしい。わたしそんなこと全然言ってないから。本当にもう、何考えてんのよ！」

その時、舞の頭にどんな想像が浮かんだのか、他人である俺には分かる訳もなかったが、とにかく舞は急に落ち着きが無くなり、きょろきょろと周りを見て同じクラスの女子を見つけると、俺から離れてそっちの方に行ってしまった。

俺が陥った状況は大人の使う難しい言葉で確か『貞操の危機』っていうやつらしいけど、俺は無事に貞操の危機から逃れられたことは確かだ。ああ、良かった。

綺羅の掲示板の仲間になるために母ちゃんの携帯を借りられるようにしたのはいいけど、綺羅とは仲良くなれないで、関係ない舞が俺にしつこく迫る結果になってしまった。世の中はうまくいかないものだ。

綺羅の掲示板は母ちゃんが心配していたのとは違って、俺たちの勉強のために使う良い掲示板だった。綺羅が変なことをする訳がない、と俺は思った。でも、それは綺羅の表面しか見えていないということだったかもしれない。

第六章　カンニング大作戦

いよいよ、期末テスト開始まであと三日を残すだけになった。綺羅にとってはC組の萌との決戦の時が、遂にやって来るんだ。決戦といっても、競い合うのがテストの点数だから、その辺の不良グループのレベルの低い果たし合いとは違うぞ。綺羅と萌との戦いは次元の高い戦いなんだ。

俺たち勉強会仲間は綺羅の育てた戦士として、それぞれ立派に学年の平均点以上を取るであろう力を身につけた。

俺は数学が苦手なだけだったから楽だった。また、雄大や莉香、優菜もよく頑張って点を取る力を高めた。しかし、どうしても良い点が取れそうもない奴がいた。それは松浦成一こと『うらなり』だ。うらなりだけがまだ学年平均点を越える見込みがないんだ。しかも、全ての教科で…。

俺たちは考えなければならなかった。誇り高い綺羅が萌に負けないために、俺たちは何をしなければならないのか……。

その日の放課後も勉強会をした。テスト前で部活が休みなので、いつもは途中で忙しく部活に行ってしまう舞もゆったりと教室に残っていた。勉強会が終わったところで、最後の作戦をみんなで話し合った。

綺羅がうらなりの話題を持ち出した。

「成一さんのことだけど、私の考えでは、要するに、成一さんの分も誰かが点を取ればいいのよ。誰か合計で二〜三十点多く取ってよ。困ったことにそれは私にはできないことなの。二〜三十点も多く取ったら満点を軽く越えてしまうでしょ。だから、できないの」

綺羅が言うと完全に事実だから全然自慢に聞こえない。

山内芽依も言う。

「私もあまり余裕はないわ。合計で二〜三十点増やすのは無理よ。だって必ず満点以上になるもの」

こいつら本当に天才集団だ。凄いことを言う。それで、俺は実際にできそうなことを言ってみた。

「誰か一人が点を増やすんじゃなくて、みんなであと五点位ずつ増やせればいいってことじゃないのか。問題一個か二個分だ」

舞がすかさず俺の味方をした。

「それなら私もできるかも。慎二さんて良いこと言うわね」

俺に、『すけべ。エッチ。変態』と言った後も、舞の俺に対する思いは変わってないとおれは睨《にら》んでいた。こういう時に相変わらず俺の味方をするのがその証拠だ。しかし、舞は続けて余計なことを言った。

「あのね、慎二さんはお母さんの携帯が使えるようになったのよ。でも、みんな番号もアドレスも知らないでしょ。教えて貰おうよ。ねえ綺羅！」

「え！そうだったの！慎二さん、みんなに教えてよ」

綺羅にそう言われたら仕方がない。俺はみんなに携帯の番号とアドレスを教えた。つまり、結果的に舞にも教えてしまった。舞は一人でにこにこしていた。俺の携帯番号とアドレスに対する舞の執念は凄いものだったんだ。

その後で、テストの話の続きをした。雄大が暗い顔で言った。

「一人で五点増やすって言っても、俺、無理かも。簡単な問題が出ればいいけど、必ず五点増やすのは無理」

斉藤莉香はこれを聞いて頷いた。

「必ず五点増やすというのは無理。保証できない。問題が難しかったら終わりよ」

田中優菜は目を伏せていた。

「ごめんね、私のせいでC組に負けるかもしれない」

「何言ってんのよ。みんなここまで頑張ったんだから、負けたとしても誰のせいにもできないわ」

綺羅はその場が暗い雰囲気になってきたのを察知して穏やかながらきっぱりとした口調で皆を励ました。しかし、続けて本音も言った。

「でも、沢口萌には負けたくない。どうしたらいいかしら？」

「もう、カンニングでもするしかないよ」

小さな声でそう答えたのはうらなりだった。

「僕、小学生の時、テストで困ったときに隣の女子の机を覗いたら、答えが少し見えたからそのまま写したことがある。その時は半分以上当たった」

舞はこれを聞いて怒り出した。

「何言ってんの！カンニングなんかしたら、だめでしょ！大体見つかったら零点にされるよ」

うらなりはしれっとして答えた。

「先生たちに分からないようにすれば、大丈夫だよ」

「そんな問題じゃないでしょ。悪いことなのよ！」

舞は、ますます怒り狂って顔を真っ赤にしたが、そこで綺羅が思わぬことを言い出した。

「ちょっと待って。うん、カンニングもいいかも」

これにはその場の全員が驚いた。芽依が綺羅に尋ねた。

「本気なの？」

「本気よ」

「カンニングは悪いことでしょ」

「普通はそうね。でも、先生たちに分からないようにすれば困ったことにはならないっていうのはその通りでしょ。だから見つからないようにやれば構わないというのが論理的な結論よ」

「綺羅の言ってること良く分からない」

「詳しく説明するとね、二年B組はC組に絶対に負ける訳にはいかないの。勝つためには成一さんもいい点、せめて学年の平均くらいの点を取らなければならない。でも、それは難しい状況である。だから、カンニングもありなのよ」

綺羅は自信を持って言い切ったが、聞いてる俺たちは半信半疑だった。俺は綺羅が壊れたんじゃないかと心配になって訊いてみた。

「でも、綺羅、それって本当に正しいと信じてるのか？だいじょぶか」

「もう少し話を聞いて。あのね。世の中には配慮してあげなくちゃいけない人がいるのは知ってるでしょ。成一さんは配慮してあげるべき人なんだけど、先生たちは配慮してくれないの。だから、私たちが配慮してあげるのよ」

「それって、弱者救済、格差解消か？」

「良いこと言うわね！確かにそういう言い方もできるわ」

「そうか。正義なんだ！」

俺は納得したような気になったが、加藤春はまだ納得できないようだった。

「綺羅がカンニングしようなんて言い出すと思っていなかった。綺羅はずっと優等生だったのに」

「それは、単なる周りの思いこみよ。私は優等生ではないわよ。今までずっと自分がしたいことをしてきただけ。それを周りの人の価値観でみて優等生の概念に当てはまれば、その人から見て私は優等生なんだろうけど、自分ではそんなことはどうでもいいの。私は別に優等生になることなんか目指してないのよ。とりあえず、今私がしたいことは、萌のいるC組に勝つことなの。そのためにはカンニングも必要なの」

俺の隣にいた雄大も納得したようで、ぼそっと言った。

「そうだよな。必要は発明の母だもの」

俺は雄大のわき腹を指でつついて小声で教えてやった。

「お前、それ少し違うから」

雄大は「ウー」と唸っただけだった。その間にも綺羅の話は続いていた。

「私は悪いことも嫌いじゃないわ……勘違いしないで。私は泥棒や暴力などの低レベルの悪いことには興味はないけど、頭を使っていけないことをするのには興味があるの。カンニングが見つかるかどうかというぎりぎりのところを楽しめそう。私、やるからね！。みんな協力してね。私は絶対C組には負けないから。打倒、萌！カンニング大作戦よ！」

前から綺羅には危なげなところもあると感じていたけど、ここまで凄いとは思っていなかった。俺は、心の中で綺羅にお祈りを捧げた。

(綺羅様、あなたはただの優等生ではなかったのですね。気高く美しいだけでなく、獲物をめがけて突っ走るドーベルマンのような激しい心もお持ちでした。願わくば、うらなりだけでなく私にも綺羅様の麗しい『配慮』をくださいませ。もっとも、私は別にカンニングをしたい訳ではございません。綺羅様と、もっともっと『仲良し』になりたいということだけなのです。私に特別に『配慮』して、優しく仲良くしてくださいませ。……私は舞なんか要りませんのです）

綺羅の迫力ある弁舌は全員を感動させたみたいだ。俺みたいに綺羅の論理はよく分からないながらも、うらなりのためのカンニングは完全に正しいことだと信じた者もいるし、鈴木千晶なんかは、ばれないようにカンニングをするということに興味を持ったらしい。でも、何と言っても、女王様がやると言ったんだから、みんなも付いて行くというのがごく自然な流れだった。

みんながその気になったので、カンニングをどのように実行するかという具体的な計画を立てる相談が始まった。司会は綺羅だ。

「じゃあ、どうやって見つからないようにカンニングをするか考えよう」

珍しく、最初に雄大が手を挙げて言った。

「テスト中に携帯で答えを教えればいい」

これは一瞬で綺羅に却下された。

「無理。テスト中に携帯はいじれないでしょ。どうしてそんなこと思いついたの？」

「なんだか、運転免許の試験で、耳の中に小さなワイヤレス・イヤホンを入れて、携帯で答えを教えてもらった人がいたって聞いたんだ。でも、確かに学校では無理だ」

「へえっ。そんな悪いことを考える人がいるんだ」

綺羅は平然と言った。俺は綺羅の話に矛盾を感じて、つついてみた。

「今の綺羅の感想はおかしいよ。綺羅も自分のしていることを考えに入れないことがあるんだな。自分だって悪いことをしようとしているんだぞ」

しかし、綺羅はきっぱりと答えた。

「運転免許の試験でしょ。車の運転は人の命が懸かっているのよ。不正して免許を取った人が運転する車が街を走っているなんて危険でしょ。だから、これは許されない悪よ。私たちのカンニングはクラスの誇りの向上を目指しているの。質が違うのよ」

何だか筋が通っているような気がして俺は黙った。綺羅は話を進めた。

「さあ、別な方法を考えよう」

するとと、何とうらなりが案を出した。

「簡単なやりかたがあるよ。誰かが自分のテストに僕の名前を書くんだ。そして、僕はその人の名前を書いて出す。すると、僕の点は上がるでしょ」

綺羅はハハハと吹き出してから、気を取り直して言った。

「あら、成一さんごめんね、笑ったりして。……誰か、成一さんと名前を交換して試験を受ける気のある人いる？ どう、慎二さん？」

綺羅が俺を指名してきた。しかし、うらなりの案には俺にもわかる欠点があったんだ。

「面白い考えだけど、これはすぐばれるよ。だからやらない。急に筆跡が変わったら、先生が気づくよ」

うらなりは不満そうだった。

「筆跡をお互いにまねすればいいんじゃないの！」

「難しいよ。俺は楷書体で、成一は変なポップ体だ。フォントが違い過ぎる。それにな、いいか、話の続きがあるからちゃんと聞けよ。一番重要なことだけど、名前を交換したって、クラスの平均点を上げる役には立たないぞ。お前の点が俺の点になって、俺の点がお前の点になるだけで、クラスの合計点が増える訳ではないだろ。Ｃ組に勝つためには役に立たないことなんだよ」

「よくできました。全くその通りよ！」

綺羅が微笑んで俺を誉めてくれた。最高だぜ！

「僕の点が上がらなくてもいいの？」

納得していないうらなりを綺羅は優しく励ました。

「勿論、上がった方がいいよ。でも、この方法ではクラス全体の点は上がらないの。別な方法で頑張ろうね」

「そうですか。じゃあ、別な方法を言います」

うらなりはすぐに次の手を提案してきた。こいつはカンニング慣れしているんじゃないのか。と俺は疑いたくなった。

「誰かが僕にテスト用紙を見せてくれるのが一番簡単だと思います。僕がそれを覗いて写すんです」

「でも、それは一番見つかりやすい方法よ」

「だって、さっき言った通り、小学生の時にやったけど見つからなかったもん」

「それはただ運が良かっただけよ。それに、テストの時に隣が誰になるか分からないでしょ」

綺羅はこのやり方は気に入らない顔をしていたが、うらなりは空気を読めずに主張を取り下げなかった。

「テストの時は席順が出席番号順になるから、確かめられます」

うらなりは教室の前まで歩いて行った。そして、入り口に近い席から順番に数えてテストの時にこの場にいるメンバーが座る席を確かめた。すると、うらなりの左側が山内芽依になることが分かった。うらなりは芽依に頭を下げた。

「よろしくお願いします」

「ちょっと、勝手に決めないでよ。私は嫌よ。見つかったら私まで零点になってしまうでしょ。巻き添えになるのは嫌」

芽依はうらなりの願いを瞬殺したが、うらなりは食い下がった。

「そんなこと言わないでお願いします」

「嫌です。なんの義務も義理もありません。ところで、さっき気づいたけど、成一さんの右側は中村翔太さんになるんじゃないの。翔太さんに頼みなさいよ」

芽依はうまく話をそらした。芽依の言うとおり翔太の席はうらなりの右側になるのだった。でも、俺は翔太を巻き込みたくなかったのでうらなりに言った。

「でも、翔太は関係ないし、しかもここにいないだろ。諦めろよ」

うらなりは涙ぐんで小さな声になった。

「誰も僕を助けてくれないの?僕の点が上がらなくてもいいの?」

声を上げて泣き出しそうなうらなりを囲んでみんな一瞬黙り込んだが、その中で一人だけ綺羅は悩めるうらなりに優しく囁いた。

「心配しないで。絶対にいい方法を考えてあげるから。みんな、あなたの味方よ」

うらなりの心に綺羅はそっと寄り添ったんだ。こういう時の綺羅は本当に女神様のようなんだ。

「さあ、みんなもっと面白いカンニングの方法を考えましょう！」

綺羅が言うので、皆は知恵を振り絞った。しかし、カンニングなんてことを少しでもやったことのある人間は、ここにはうらなりしかいない。良い考えは浮かばなかった。ありきたりの方法だけど俺は言ってみた。

「カンニング・ペーパーはどうだ？」

綺羅は気に入らなかったようだった。

「珍しくもないわね」

「やっぱり」

「しかも、すぐ見つかるよ。テストの時は机の上に鉛筆と消しゴムしか置けないのよ。その上、始まる前に『両方の手のひらを前に向けて手を挙げろ』なんてやらせるでしょ」

「何年か前に手のひらに小さい紙を貼り付けてカンニングしようとした先

輩がいたんだよな」

「そんな単純な方法でカンニングをしようとした先輩のせいで私たちまで迷惑を受けているのよ」

「何年も前のことなのに先生たちもしつこいよな。誰もカンニングなんてことをする訳ないのに」

綺羅はこれを聞いて、にやりと笑った。綺羅の毒のあるこんな表情を俺は初めて見た。(綺羅もこういう笑い方をするんだ)俺の新発見だった。

「あのね、慎二さん。今、私たちはそのカンニングをする相談をしているのよ。忘れないで」

「あはは。そうだった。カンニングの相談をしていたんだった」

「その先輩はカンニングしようとして見つかったけど、私たちはそれ以上の良い方法を開発して、見つからないようにカンニングをしなくてはいけないの」

「そうよ、先生たちの裏をかこう」

舞の声だった。舞は続けた。

「先生たちに、絶対に見つからないようなカンニングをしよう！先輩のリベンジよ」

「なあ、舞。その先輩って、もしかしたらソフト・ボール部だったのか？」

俺が訊くと舞は、

「そうよ。部内では伝説になってるわ」と答えた。

「そうか、じゃあ確実に先生たちの裏をかくカンニングをしてやろうぜ」

俺がそう言ったのを聞いた雄大が、突然大声で素晴らし過ぎるアイディアを出した。

「そうだ、裏に書けばいいんだ。俺たちがカンニング・ペーパーを持つんじゃなくて、先生たちに持たせればいいんだ」

さすがに頭の良い綺羅も雄大の言ってることを一度で理解することはできなかったようで、雄大に聞き返した。

「何言ってるのか分からない。詳しく話してみて」

雄大は得意そうに話し出した。

「裏に書くんだから、テストの監督に来た先生の裏、つまり背中にカンニング・ペーパーを貼り付ければいいんだ。先生からは絶対見えないから気が付かれないよ。これこそ、本当に裏に書くということだよ」

雄大以外には誰も考えつきそうもない変なアイディアだった。みんな少しの間、何を言っていいか分からないという顔をしていたが、まず最初に鈴木千晶が口を開いた。

「面白いけど、そんなことできる訳ないでしょ。大体どうやってみんなが見ている目の前で先生の背中に貼り付けるのよ」

「そう、無理無理」

舞も芽依も加藤春もこのやり方はできないでしょ、という顔をした。

しかし、綺羅は、どんな変なことでも頭ごなしには否定しないで、いつもよく検討してから結論を出すんだ。この時も綺羅は何か考えついたようだった。

「そうね。背中に貼るということは、貼られた先生には見えないけれど、みんなからは見えるということね。誰かに告げ口されたらおしまいね。でも、逆に考えれば、みんなを味方にすれば貼り付けてもばれないのよ」

「クラス全員を味方にするなんて、そんなことできるの？それこそ無理だわ」

千晶が言ったが、綺羅はさらりと言ってのけた。

「私なら多分できるわ」

「そうか。綺羅ならみんなを味方にできるかもしれない。でも、先生の背中に貼るっていうのはできないでしょ」

「私がやってみるわ」

背中に貼る役割も綺羅はあっさり引き受けた。

「明日実験してみよう。じゃあ、作戦会議を始めよう。女子だけ残ってね。明日は男子は黙って見ているだけでいいわ。雄大さん、面白いアイディアを出してくれてありがとう。私は難しいこと程やる気が出るの。平凡なカンニングではつまらないもの」

「裏に書くというから、先生たちの背中に書けばいいんだと思ったんだよ。直接は書けないから、カンニング・ペーパーを貼り付ければいいんだ。俺って頭良いだろ」

雄大は綺羅に誉められて、にたにたと笑った。でも、俺は雄大に教えてやった。雄大の脳味噌にインストールされている定型句のミスの訂正は今日はこれで二回目だ。

「あのな、『裏に書く』でなくて『裏をかく』だからな。でも、お前、もの凄い勘違いをしていたから、逆に綺羅が気に入るアイディアが浮かんだんだな。こういうのを難しい言葉で怪我の功名っていうんだぞ」

雄大は今度は「ウー」と唸っただけだった。


綺羅の計画では、この作戦に男子は必要ないらしい。作戦会議は女子だけが残ってやることになった。だから、俺は女子たちがどんなことをするのかは知らなかった。

夜中に掲示板を覗いたときも、女子たちだけで盛り上がっていて、男子には何も教えてくれなかった。大人しく見てろっていうことらしいので、俺は綺羅が何をするのか楽しみに見物させて貰うことにした。

次の日の朝、教室に美佳先生が来る前に綺羅は教卓の所に立ちB組の全員に呼びかけた。

「みんな聞いてください！今日の数学の時間に、カンニングの予行演習をします。参加者は打ち合わせ通りに動いてください。それ以外の人は黙って見ていてくださいね」

学級委員が普通の連絡をしたみたいな話し方だった。綺羅が堂々とカンニングなんて言うので俺は驚いた。しかし、聞いてるクラスメート全員も前から知ってるみたいに平然としている。どうなっているんだろう。

俺が変な顔をしているのに気づいたようで、舞がそっと教えてくれた。

「昨日、綺羅が一斉メールで詳しい事情をクラスのほとんどの人に知らせたのよ」

「え？俺にはそんなメール来なかったぞ。昨日アドレスを教えただろ」

「慎二さんは仕方ないわ。一斉メールは自分だけの携帯を持っていて、大人に覗かれる心配のない人にだけ出したの。慎二さんの携帯はお母さんも見るから、カンニングの打ち合わせのメールは出せないでしょ。それに、慎二さんは事情を知っているからメールで知らせなくても別に困らなかったでしょ。それから、携帯を持っていない人は他にもいるけど、少数だから家の電話で知らせたり直接話したりしたの。クラス内の下準備は十分よ」

舞はこう言ったけど、俺は聞いていて面白くなかった。またまた、俺は自分だけの携帯がないために無視されたんだ。俺は情報格差社会の弱者なんだ。もう、二回目だ。最初は勉強会仲間の掲示板を知らされてなかったし、今度は一斉メールから外されたんだ。ああ、自分専用の携帯が欲しい。貧乏と母ちゃんの飲む発泡酒がにくい。

「くそう。また、俺は外されたのか」

「ごめんね。でも、秘密を守るためだからこらえてね」

舞が慰めてくれたので、俺は「まあいいさ」と言っておいたが、本当は綺羅に慰めて欲しかった。


二時間目、いよいよ遠藤の数学の時間になった。綺羅が何をするのか、教室中が見守った。

遠藤が前のドアを開けて入ってきた。綺羅はドアの脇で待っていて、遠藤の後ろから近づき、「センセ！センセ！」と明るい声で話しかけながら右手で遠藤の右肩を軽くトントンと叩いた。

遠藤は「ん、何だ？」と言って右後ろを振り返ったが、綺羅は遠藤の左側から飼い主によく懐いた猫のように体を擦り寄せて遠藤の前に出た。その時、綺羅の右手は、遠藤の右肩から背中の中央までを撫でるように動いた。こうして綺羅は、遠藤の背中の真ん中にガムテープで紙を貼り付けるのに成功した。そして、すかさず、遠藤に話しかけた。遠藤に考える暇を与えないためだろう。

「私はこっちです」

綺羅が右後ろにいなかったので、遠藤は慌てて前を向いた。その遠藤の顔を綺羅は下から見上げて微笑みかけた。遠藤の顔との距離は二十センチメートルほどの大接近だった。

「センセ！私、お願いがあるんです」

「おお、何だ？」

綺羅に突然ボディ・コンタクトされ、目の前で微笑まれて遠藤はメロメロになっていた。背中に紙を貼り付けられたことには全く気が付いていない。そもそも、綺羅が教師の背中に紙を貼り付けるなんてことをするとは夢にも思っていないだろうし。

「私、最近、ラジアンっていう角の大きさの表し方に興味を持ったんですけど、それがどんなものなのか今度詳しく教えて頂けないですか？」

遠藤は嬉しそうに綺羅の顔を見つめながら答えた。

「お、そんなことに興味を持っているのか。綺羅さんは凄いね。いいよ。いつでも教えてあげるよ」

「先生なら数学のことは何でも知ってるから大丈夫だと思いました。是非、お願いします」

「いいとも、いいとも。あ、でも、今は授業時間だからこの話は後からにしよう。私も、もっと話したいから、放課後においで」

遠藤にそう言われて、綺羅は愛想良く、

「はい、よろしくお願いします。授業の邪魔をして済みませんでした」

と言って礼儀正しく頭を下げてから、遠藤に背を向けて自分の席に戻った。戻りながらペロッと舌を出し、俺たちとアイ・コンタクトで成功を祝っていたが、もちろん遠藤は気が付いていなかった。

綺羅は色仕掛けをしたんだ。綺羅にやられて中年おじさんの遠藤はころっと引っかかってしまった。なんと言っても綺羅は女神様だから、独身男や家族の誰にも相手にしてもらえなくなった中年男なら色仕掛けはうまく行くだろう。そして、遠藤は独身で中年だから、一人でその両方を兼ね備えているんだ。微笑みを浮かべた綺羅にあんな風に話しかけられたら、もうメロメロで他のことを考える余裕なんかなくなるに決まっている。

ここまではうまくいった。しかし、授業が始まってみると、俺の想定外のことが起きた。遠藤は黒板の前で授業を進めるだけで、教室を動き回らないのだ。遠藤が生徒の間を歩き回らないと背中のカンニング・ペーパーをうらなりが見ることはできない。これでは成功といえないなあ。と、俺が思ったとき、山内芽依が遠藤に質問した。

「先生、教科書のここの文字式の変形の仕方がよく分からないんですけど……ちょっと来て教えていただけませんか？」

芽依はそんなことは分かっているはずだ。わざと質問したんだ。

「どれどれ」

遠藤は親切に芽依の席まで歩いた。そして、芽依が分からないといっていることを簡単に教えるとすぐ、教卓に戻った。

遠藤が俺の脇を通った時、遠藤の背中に貼ってある紙に「先生、こんなことをしてごめんなさい」と書いてあるのが見えた。背中の紙が見つかってもただのいたずらと思わせる工夫だろう。カンニングの練習と気づかれてはまずいからな。

なるほど、生徒の立場を利用して教師を動かせば、うらなりが遠藤の背中を見ることができるんだ。それにしても、綺羅をリーダーとする頭の良いあの女子連中が悪いことを企むってことは実に恐ろしいことだ。だって、あいつらは確実に成功させるものな。俺は心の中で舌を巻いた。

でも、心配なこともあった。それは、どうやって、あの紙を剥がすんだろうということだ。遠藤が職員室まで背中に紙を貼ったまま戻って、他の教師に気づかれたら全ておしまいだ。

俺がそんな心配をしているうちに授業が終わった。そして、遠藤が教室を出ようとしたとき、ドア近くに座っていた鈴木千晶が素早く遠藤の前に立ちふさがって微笑みながら元気に話しかけた。

「センセ！お願いがあるんですけど！」

「え、何だ？」

遠藤が返事をしている間に加藤春と舞が後ろから追いついた。遠藤は三人の女子に取り巻かれた。

「センセ！私たちにも綺羅と一緒に角の勉強をさせてください！」

千晶が言うと、舞が
「是非お願いしますぅ！」

と言って、遠藤の右手に両手でしがみついた。遠藤はにこにこ顔で
「おいおい、そんなに必死にならなくても教えてやるぞ」

と嬉しそうだった。

「キャー、嬉しい。ありがとうございます」

普段は口数の少ない春が、わざとらしい明るい声でお礼を言った。遠藤

の意識は三人の女子に集中していた。そこに綺羅と斉藤莉香が後ろから静かに歩み寄り、綺羅が右手で遠藤の背中の紙をそっと剥がした。

そのとき、遠藤が背中に何かを感じたらしく後ろを振り向いた。俺は一瞬ばれたかと思った。しかし、綺羅が後ろから遠藤に寄り添い、左手で遠藤の右肩にそっと触れながら、顔を再び二十センチメートルまで近づけて、

「私からもお願いします」

と言うと、遠藤はにこにこして、

「いいとも！いいとも！」

と嬉しそうに答えた。後ろにいたのが綺羅だと分かって、遠藤の気持ちはゆるんでしまったんだ。

「ありがとうございます」

「綺羅さんたちは勉強熱心で素晴らしいよ。じゃあ、放課後になったら集会室に来なさい。教えてあげるから」

綺羅は遠藤と話している間に、右手を後ろに回して剥がした紙を斉藤莉

香に渡していた。莉香は紙が遠藤から見えないように注意しながら、綺羅の背後でゆっくり後ろ向きになった。その後、紙を素早く折りたたみ、握り拳《こぶし》に隠して静かにその場を離れた。完全犯罪の成立だった。

綺羅が遠藤の後ろから目配せすると、千晶は笑顔で遠藤に

「じゃあ、放課後に、集会室ですね。よろしくお願いします」

と言ってドアを開け、遠藤を送り出した。

千晶はドアの外に立ち、遠藤が廊下の曲がり角を曲って姿が見えなくなったのを確認すると、教室内に向けて勝利のVサインを掲げた。教室中から歓声が沸き起こった。綺羅はクラスの全員を味方につけていたんだ。綺羅の神通力だかオーラだか人徳だかというか何というか、とにかく綺羅の威力は本当に凄い。

どんな方法でカンニング・ペーパーを遠藤の背中に貼るのかと思っていたけど、貼るときも、剥がすときも色仕掛けだった。ああ、女は本当に怖い。女で怖いのは酔っぱらいの俺の母ちゃんだけではないんだなあ。

舞が俺の近くにやって来て得意そうに言った。

「ハニー・トラップの大成功よ」

舞は喜び過ぎてもう少しで俺をハグする勢いだった。この前の悪夢が正夢になりそうで俺は少し怖かった。

「ハニー・トラップって、色仕掛けのことか?」

「色仕掛け?なにそれ。何かいやらしく聞こえるよ。私たちのはハニー・トラップよ。そう言った方が上品に聞こえるでしょ」

「そんなものかなあ」

「さあ、成一さんに感想を聞こう」

綺羅とその仲間たちがうらなりを取り囲んだ。

「成一さん、紙に何て書いてあったか見えた?」

綺羅に尋ねられたうらなりはこう答えた。

「え、良く見えなかった。僕、中学校に入ってから近眼が強くなったんだもの。眼鏡をかけていても良く見えなかった」

「もっと大きい字で書かないとだめか」

「はい、そうしてください。それから、ついでのお願いだけど、難しい漢字も使わないでください」

「分かったわ。とにかく一回試しにやってみて良かった。本番で良く見えないのでは何にもならないものね。反省事項がはっきりしたということは今日の予行演習は大成功よ」

綺羅は未来志向の総括をした。これで、俺たちのカンニング大作戦は一歩前進したはずだった。


その日の俺たちの勉強会は中止になった。綺羅たちが遠藤と約束した手前、ラジアンについて教わらないと格好がつかないので、集会室に勉強に行ってしまってできなくなったのだ。

舞は夜中に俺に電話を掛けてきて、遠藤との勉強の詳しい様子を教えてくれた。

本当は綺羅は「ラジアン」とやらはとっくに知っていて、遠藤の気を引くための話題として持ち出しただけだったんだ。遠藤は綺羅たちを理解が速いと誉めたそうだ。俺にはちんぷんかんぷんなことだが、舞以外のあの天才集団にとっては簡単な内容だったらしい。

舞は「私はラジアンのことはよく分からなかったけど、分かった振りをしていたんだ」と本当のことを正直に俺には話してくれた。


うらなりのためのカンニング計画はクラス全体の支援を受けて順調に進んでいると俺は思っていた。

しかし、次の日になって問題が発生した。朝のホーム・ルームで美佳先生が笑顔で発表したんだ。その内容を聞いて俺たちは愕然とした。

「期末テストの監督は全て担任がすることになりました。今まで皆さんとは国語の時間とホーム・ルームでしか会えなかったけど、テスト期間中はずっと一緒にいることになります。私はとても嬉しいです」

若くて綺麗で優しい美佳先生と一日中一緒にいられるのは大歓迎なんだけど、俺たちの計画はどうなるんだ？もう、明日から期末テストだ。計画を立て直すには時間がなさ過ぎる。

放課後、俺たちは綺羅を囲んで話し合った。この日は勉強会のメンバーの他に翔太を始めとする物好きな生徒も何人か残っていた。

問題は、美佳先生が一日中ずっとテストの監督をするなら、美佳先生にカンニング・ペーパーを貼り付けるしかないけど、それは可能か？そして、その方法はどうするのか？ということだ。

鈴木千晶は男子が貼り付けろと言い出した。

「だって、美佳先生が相手では私たち女子のハニー・トラップは効かないでしょ。男子がやるべきよ」

あまりにも分析が甘いと思ったので、俺は千晶に言ってやった。

「俺たち男子が小柄な美佳先生を取り囲んで、『センセ、センセ』なんて言いながら、後ろから抱きついたり、すりすり触ったり、腕にしがみついたりするのか？それは無理だろ。想像して見ろよ。完全にセクハラだぞ。美佳先生は喜ぶより、怒り出すだろ。いや、泣き出すかもしれないぞ。悲鳴を上げるかもしれないぞ。そうなったら大変だぞ。俺の母ちゃんが学校に呼び出されるかもしれないぞ。そして、俺たち男子は一生『性犯罪者』

と呼ばれるようになるんだぞ。絶対嫌だ」

これに対する、千晶の返事は実にのんびりしたものだった。

「ああそうかぁ。それは気が付かなかった。そうなったら大変よねぇ」

こいつは本当に勉強だけはできても人生の大事なことが分っていない人間だ。大人の使う難しい言葉でいうと千晶には『男女の機微』が分かっていないんだよな。

それにしても、綺羅たち女子が遠藤にすりすり触るのは問題なく許されたのに、俺たち男子が美佳先生に触るのは良くないことだというのはとんでもない性差別だよな。

雄大は困ったことに、全く関係ないことに興味を持った。

「俺たちがやるとすると、ハニー・トラップでなくて何というのかな？ハニー の反対はソルトかな？ソルト・トラップ？あ、違うか！」

「お前は黙ってろよ。そんなことが問題じゃないだろ」

俺は雄大を黙らせた。俺の考えははっきりしていたから、続けてみんなに言った。

「俺は美佳先生に貼り付けるのには反対だ。俺の美意識に反するんだ。背中にカンニング・ペーパーを貼り付けられて、何も知らずに俺たちに優しく微笑みかけながら教室を歩き回る美佳先生の姿なんて俺は見たくない！」

綺羅も俺と同じことを思っていた。

「そうね。私もそう思う。美佳先生の背中に貼り付けるのは、難しいし、美佳先生のそんな姿を見たくないのは私も同じよ。だから、この作戦はやめよう」

他の仲間も美佳先生を巻き込みたくないのは同じだった。綺羅の最終決断で、カンニング・ペーパーを教師に貼り付ける作戦はリハーサルだけで終わってしまった。

しかし、これではうらなりが困ってしまう。うらなりは小さな声で訴えた。

「何で遠藤先生なら良くて、美佳先生ではだめなの？誰でもいいから先生の背中に貼ってカンニングしようよ。ねえ、カンニングしないの？」

　これには綺羅がうらなりに優しく言って聞かせた。

「成一さんも美佳先生が好きでしょ」

「うん」

「だから、美佳先生はこんなことに巻き込みたくないの。迷惑をかけたくないの」

「でも、遠藤先生には貼ったじゃない。僕、遠藤先生も嫌いじゃないよ」

「遠藤先生はおじさんだからいいじゃない。背中に紙が貼ってあっても別にみっともなくないでしょ。でも、それが美佳先生だったら可哀想でしょ。しかも、美佳先生は女性よ。女性は社会的弱者なんだから、女性に対して酷《ひど》いことをしてはいけないのよ。だから、この作戦はやめることにしたのよ。分かった？」

「うん、分かった」

　綺羅の丁寧な説明でうらなりは納得したように見えた。しかし、うらなりのテストの点を上げなくてはならないという肝心な問題はまだ全く解決していないんだ。

「さあ、みんなで次の手を考えよう　もっと面白いカンニングの方法はないかしら」

綺羅が次の手口を募集すると、翔太が新しいアイディアを出した。

「堂々とカンニング・ペーパーをクラスの掲示板に貼っておけばいいんだよ。どうせ、先生は気が付かないよ」

綺羅はすぐに気に入ったようで、とても良い反応をした。

「ええっ！そんなこと全然考えていなかった！面白い！詳しく話してよ」

翔太は得意になって話し始めた。

「まず、コンピューターでカンニング・ペーパーを作る。手書きで作ると筆跡で犯人がばれるからだ。それを、教室の掲示板の生徒が連絡したいことを貼るスペースに貼っておくんだ。あそこはみんな乱雑に貼っているから、一枚くらい急に増えても先生は気が付かないと思う」

しかし、綺羅は翔太の案の弱点を冷静に見つけた。

「でも、あそこに貼るには先生の許可が必要よ」

「だから、裏をかくのさ。先生は許可されたものしか貼られていないという先入観を持っているから、既に貼ってあるものの内容を丁寧に確認はしていないよ」

「なるほど、翔太さんもよく考える人、凄い策士ね。でも、もしかして見つかったら？」

「そのときは仕方ないさ。どうせ、プリンターで印刷してあるから、誰が犯人かは分からないし」

「なるほど…、でも、やっぱり見つかったときのことを考えると私は嫌だわ。犯人が分からないとしても、証拠が残るというのが私の美学に反するの。やるなら完全犯罪でなきゃつまらないわ」

「美学か。美しいかそうでないかが大事なら、確かに証拠が残る犯罪は美しくないな」

翔太のアイディアは、提案者本人の納得の上で綺羅に却下された。

今度は雄大が言い出した。

「消しゴムに答えを書いておけばいい」

このアイディアは綺羅が出るまでもなく、舞に欠点を指摘された。

「それは、テスト前に鉛筆、消しゴム、手のひらのチェックをされるからだめ。この学校は厳しいのよ」

雄大のアイディアが否定された後、綺羅はしばらく黙っていたが、やがて、にこにこ微笑んで、うらなりに告げた。微笑んではいたが、追いつめられた綺羅の決断はむごいものだった。

「万事休すね。じゃあ、最後の手段よ。成一さん。あなた明日からしばらく休んでね。理由は病気でも怪我でも何でもいいわ」

俺は耳を疑った。綺羅がうらなりに、休みなさい、なんて言うのか。俺は綺羅に意見した。

「それはないだろ。成一に消えろと言ってるのと同じだぞ。ひど過ぎるぞ」

「いいえ、クラスの平均点を上げるために論理的に考えた結論よ。カンニングが不可能なら平均点を大きく下回る人は休んだ方がクラス平均は上がるでしょ」

綺羅は論理的な結論と言ったが、さすがにうらなりも綺羅に抵抗した。

「嫌です、理由もなくテストの日に休めません、母にしかられます」

「じゃあ、休めるようにしてあげようか。みんなで協力するよ。怪我か病気かどっちで休みたい？…ねえ、怪我がいい？病気がいい？どっちがいいの？」

「怪我か病気かどっちで休みたい？って、怖い。どっちかがいいって返事したら、みんなで僕をどうする気なの？」

俺はこの会話を聞いて、ぞっとしてきた。綺羅はこんなに冷酷な人間だったのか。嘘だ！綺羅は優しく、親切で、周りの誰のことでも気にかけてくれる人間だと俺は思っていた。そして、その場の全員が俺と同じことを信じていたはずだ。

俺たちは綺羅を取り囲んだまま何を言っていいか分からず、黙り込んだ。しかし、聡明な綺羅は俺たちの沈黙の意味を感じ取ったようだ。綺羅はその場の全員を見回した後、再び話し出した。

「でも、無理矢理休ませるというのは成一さんが可哀想だし、人権上の問題もあるし、…それは私も分かってる。どうしてもC組に負けたくないから、平均点を上げるという目的だけを考えてしまったの。でも、成一さんが休めばいい、なんていう間違った方法を考え出してはいけなかったのよね。これは言ってみただけなのよ。ごめんね。論理だけが正しくても、それが人権無視の結論を出してしまうのではどこかが根本的に間違っているよね。…平均点を上げることばかり考えていたら、成一さんを休ませようなんて思ってしまった。私、人間失格だわ。…それに、そもそも、休んだとしても追試を受けさせられるから意味がないのよね。私ってバカだわ」

綺羅もうらなりを休ませるなんてことはしてはいけないことだし、意味がないことは分かっていたんだ。いいアイディアが浮かばなくて、苦しまぎれに口にしたんだろう。

「でも、本当に困ったわ。C組の萌には負けたくないの。どうしたらいいかしら」

「ねえ、綺羅」

山内芽依が悩める綺羅を見かねて何かを決心したようだった。

「テストの時、私が成一の隣の席になるから答えを覗《のぞ》かせるわ。前は嫌だと断ったけど、綺羅がそんなに萌に負けたくないなら協力するよ。但し、私はカンニングの共犯にはなりたくないから、私が見せたんじゃなくて、成一が勝手に覗いたということにしておいてね。それでいい？」

「やっぱり、僕が考えたやり方が一番良かったんだ」

うらなりは呟いた。しかし、綺羅は不満そうだった。

「あまりにも普通過ぎる手口で面白くないわ。でも、いろいろ考えた後でこれが残ったということは、やっぱり一番いい方法なのかもしれないわね。隣の人のテスト用紙を覗くというのがカンニングの王道なんだ。……ありがとう芽依。それから、成一さんはわざわざ芽依が見せてくれるんだから頑張って覗いてね。二人とも美佳先生に気が付かれないように注意するのよ」

完全に納得はしていなかったが、綺羅は二人を励ました。励ましたということは、このやりかたでＯＫという綺羅の決済が下されたのだ。その場の全員がほっとして、空気が和やかになった。

「さあ、みんな、家に帰って勉強しよう」

翔太が元気良く言うと、千晶も頷《うなず》いた。

「私もそれが気になってたの。テストの前日なんだから、最後の勉強をしなくっちゃ」

「そうだ、最後の勉強だ」

俺もさっさと鞄を持ち上げた。そして、みんなは一斉に教室を出た。


俺が家に帰ると母ちゃんに怒られた。

「慎二、テストの前なのに、遅いじゃないか。何やって来たんだ！」

「いや、みんなで成一のテストの点を上げる相談をしていたんだよ」

と俺が本当のことを言うと、母ちゃんは感心してくれた。

「そうか、偉いな。みんなで成一君の点を上げるために力を合わせているのか。感心したから、一杯飲むぞ」

「好きなだけ飲んでいいよ。俺は今日は遅くまで勉強するから」

夕食後、俺はひたすら勉強した。母ちゃんは、好きな野球中継があるのに、テレビを見ないで俺の勉強に協力した。小さい台所とリビングの他に二部屋しかない狭いアパートだから、テレビをつけるとうるさくなるんだ。だから、アパートの中には酔っぱらって寝込んだ母ちゃんのいびきだけが響き渡っていた。

母ちゃんは俺に勉強させるためにわざわざ発泡酒を五缶飲んで早く寝てくれたんだ。母ちゃんのいびきには俺に対する愛情がたっぷりこもっていた。母ちゃんの優しい気遣いのおかげて俺は落ち着いて勉強できた。

父ちゃんは日付が変わる頃になって酒臭い息をはきながら帰ってきた。そして、父ちゃんも倒れるように寝てしまった。

俺はもう少し頑張ろうと思って勉強を続けたが、午前一時頃に舞から『もう寝るよ』というメールが来たので、俺も寝ることにして、寝た。

第一日目のテスト科目は国語と数学と保健体育だった。

一時間目の国語のテストは、俺たちが毎日使っている日本語の問題なんだからある程度できて当然だ。一つだけうろ覚えの漢字が出て「しまった」と思っただけだった。俺は八十点は取れたと思う。

国語のテストが終わったので、早速俺はうらなりのところにいって様子を聞いた。美佳先生は集めたテスト用紙を持って職員室に行ってしまったから大声で話せた。

「成一、調子はどうだ。美佳先生は隙だらけだったからうまく芽依のテストを覗けただろ」

「あのね、全然見えない」

「何だそれ？」

「僕、中学校に入ってから近眼がひどくなったから、芽依さんのテストを覗いても字が読めなかった」

まさかの事態だった。俺はうらなりに確かめた。

「つまり、カンニングできなかったということか？」

「あちゃあ。どうしよう。それで、どのくらいできたんだ?」

「思ったよりはできたよ」

俺たちの周りには、綺羅とその仲間たちが話を聞きつけて集まって来た。

俺たちは新しく発生した問題解決のために話し合った。

「芽依がもっと大きい字で答えを書けばいいんじゃない」

綺羅が凄く普通の解決案を出したが、芽依は断った。

「急にいつもと違うことはできないよ。突然今までより大きな字を書いたら変だと思われるでしょ。私は薄くて小さい字が普通の字なんだから」

「そうだったわね。何か疑われるようなことをしたら、完全犯罪ができなくなるよね。どうしよう、もうすぐ美佳先生が戻って来てしまう」

みんなは焦ったが、ここで翔太が男気を出した。

「よし、成一、俺の席はお前の右隣だ。俺のテストを見ろ。2Bの鉛筆で答えを書いてやるから、良く見るんだぞ」

「うん」

ここまで話がまとまった時、チャイムが鳴った。すぐに美佳先生が教室に現れて、数学のテストが始まった。俺は目の前の問題を解くのに集中した。うらなりも気になるけど、俺が一点でもいい点を取ることが綺羅の役に立つことになるんだから一生懸命だった。

連立方程式は舞と勉強したのと似た問題が多かったので、楽勝だった。俺は間違いなく八十点を越えたと確信を持ってテスト用紙を提出した。

美佳先生が職員室に行った後、再び俺たちは謀議を始めた。うらなりによると、翔太の答えも良く見えなかったそうだ。堂々と覗く訳にはいかず、横目でちらちら見るだけでは良く見えないのも仕方ないだろう。

「でも、一個だけ計算問題の答えが読めた。僕の計算と同じ結果だったから、安心した」

「何！俺の計算が成一と同じだったのか！まずい！」

翔太はこんなことを言ったが、綺羅の見方は違っていた。

「つまり、成一さんは自分で答えを出していたんでしょ。凄いじゃない」

うらなりは綺羅に誉められて頬を赤らめた。

「綺羅さんに教えてもらったおかげかもしれないよ。ありがとう」

「お礼はいいから、次のテストも頑張ってね」

「カンニングできそうもないけど、頑張る」

二つの教科のテストが終わった時点で、俺たちはうらなりにカンニングさせることを諦めてしまったんだ。何だこの竜頭蛇尾のカンニング大作戦は！

国語、数学と重い教科が続いた後、保健体育のテストが始まった。緊張感からちょっと解放される時間だ。保健体育のテストなんて常識的なことを書けば大体当たるんだ。五十点満点で配点も少ないので、俺はディナーの最後の軽いデザートのようにさっさとやっつけた。

一日目のテストが終わって俺が帰る準備をしていたとき、綺羅がうらなりに「ちょっと残っていって」と声をかけた。そして、綺羅は教室でうらなりのための個人授業を始めた。下校時刻までの短い時間しかできない筈なんだけど、綺羅はクラスの合計点を上げるために一生懸命だった。

それ以外のB組の生徒は学校に残らないですぐ家に帰って勉強した。カンニング大作戦は不発に終わったので、C組に勝つためには、みんなが一点でも多く点を取る必要があったから必死だった。

二日目は理科、社会、音楽のテストだった。俺に関していえば、いつもより勉強していたから、かなりできたぞ。

三日目は土曜・日曜を挟んだ月曜日に英語、図工、技術家庭のテストをした。英語の前に休日があるのは助かる。俺はじっくり教科書を読み直したり、単語のスペルを確認したりできた。


そして、木曜日に遂に結果が発表された。俺の学校では、個人の成績は集計されて本人に渡されるが、その成績表の最後の方に学年のクラス毎の平均が載っているんだ。

帰りのホームルームで、美佳先生から一番最初に成績表を渡された奴が、顔をしかめて、

「ああっ。負けた」

と言った。何に負けたかはクラス全員がすぐに分かった。Ｃ組に負けたんだ。

俺は自分の成績表を受け取ると自分の点数を見るより早く、クラス平均を見比べた。Ｂ組はＣ組に負けていた。その差はわずか０．１点だった。あちゃあ、ほんの少しの差だが負けは負けだ。

しかし、俺自身の平均点は上がっていた。数学はなんと八十五点も取れていた。

美佳先生は、全員に成績表を配った後でにこにこしながら話し出した。

「今度の期末テストはみんな凄く点数が上がりました。綺羅さんたちが進んでクラス全員に勉強を呼びかけたり、放課後に勉強会を開いてくれたおかげです！クラスの全科目総合の平均点が何と十点以上上がりました。素晴らしいことです」

俺たちが美佳先生の背中にカンニング・ペーパーを貼り付けるという悪巧みを相談したことも知らず、美佳先生は嬉しそうに話し続けた。

「特に成一さんは点数を伸ばしました。本当に一生懸命頑張りましたね。おめでとう。他の人もみんな成績が上がって、いい気持ちで夏休みを迎えられそうですね。今日は、お家でいっぱい誉められてください」

ホームルームが終わってから、俺たちはうらなりの周りに集まった。まず、俺がうらなりに聞いた。

「なあ？成一はカンニングができなかった筈だけど、どのくらい点を取ったんだ？」

みんなも同じことを思っていた筈だ。

うらなりが言うにはカンニング無しで数学で五十五点取ったそうだ。全科目平均は中学校に入って初めて六十点を越えたそうだ。

綺羅たちの努力はうらなりに関しては報いられた！と俺は思った。

しかし、その一方でC組にクラス平均点で0．1点負けたという事実があった。誰かが答えをあと一個か二個当てていればB組が勝っていたんだ。残念だ。ああああ、テストが始まる前の日にカンニングの相談なんかしてないで、家で勉強していれば、誰かがあと一個か二個多く正解していたんだろうに。

期末テストのクラス平均はC組が一位で、B組が二位になった。この二クラスは三位のA組、四位のD組には大差を付けていた。この素晴らしい点数の原動力になったのは、小松島綺羅と沢口萌の意地と意地との戦いだったんだけど、俺が帰ろうとして教室を出ると、何と廊下でこの二人が向かい合って立っていた。

萌は綺羅と同じで背が高く、学校ではいつもポニー・テールにしているが、色白の綺羅と違って小麦色の肌で体が綺羅より細めで筋肉質なところが違っている。

二人は、周りに人が次々と集まって来るのを気にしないで話していた。

俺が近づくと萌の声が聞こえてきた。

「私は別にあなたに勝ちたかった訳じゃないのよ。あなたが私に勝つために何かしてるという話を聞いたから、勝たせないようにしてみただけ。ふふふ。でも、私、勝ったとは思ってないよ。クラス平均で０．１点の差なんて誤差の範囲でしょ。引き分けでいいよ」

でも、綺羅の考えは違っていた。

「いえ、こちらの負けでいいわよ。たとえ0．1点でもこちらが少なかったんだから、負けでしょ。潔く負けを認めるわ」

「でも、勝ち負けを決めても何か良いことが起こる訳じゃないし……あっ、違う。C組もB組もいままでにない高い平均点を取ったという良いことが起きたんだね」

「それは言えるわ。負けたとはいえ、B組でも今までよりずっと良い点を取った人がたくさんいたし、それは良かったことよ。でも、やっぱり私は勝ちたかった」

「綺羅がそんなに勝ちたいのなら、また何かの時に対決しましょうよ。受けて立つわ」

「いいわよ、萌。又、お互いに努力していい結果を出す競争をしましょう」

「私もいいわよ、綺羅。じゃあ、この次の対決でもお互い頑張りましょう」

両雌《りょうし》の話は終わった。（作者注・男なら「両雄」となるところだけど女だから「両雌」になる。漢語に両雌という言葉は歴史的にはないけど、そろそろ両雌という新しい漢語をみんなで使う時代になりつつあるのではないかな）

戦いの後なのに、二人の会話は明るく、からっとしていた。

（どちらも、テストはA、D両組に大差をつけたとても良い結果だったんだから、じめじめする理由はないんだ。）と単純に俺は思った。

でも、女の内心を男が完全に分かるってことは難しいんだと何時か父ちゃんが言ってた通り、綺羅の内心はその時の俺の観察力では見えていなかったと思う。

綺羅は、俺たちが周りにいるのに気づくと

「みんな、教室に戻って！」と声をかけた。

俺たちが教室に戻ると、綺羅は声高らかに全員に呼びかけた。

「みんな、聞いていた通り、まだC組との戦いは続くからね！夏休み中に頭も体も鍛えておいてね。これは命令よ！」

それを聞いた雄大が綺羅にみんなの疑問を代弁する質問をした。

「次はなんの対決なんだよ？」

「それはこれから決めるの。私にも今は分からないわ」

「なあんだ、そうか」

「でも、とにかく、鍛えておいてね。鍛えておけばどんなことが起きても大丈夫よ！」

「それはそうね」

綺羅の話を受けて、舞が自分のしていることを話した。

「普段のトレーニングが大事なのはソフト・ボールも同じよ。特に体幹を鍛えておけば、どんなスポーツにも対応できるのよ」

綺羅は我が意を得たりとみんなに言った。

「そうよ、みんな、体幹も大脳も夏休み中にしっかり鍛えておいてね」

綺羅の言葉に山内芽依が応じた。

「ねえ綺羅、夏休みの林間学校で体幹は相当鍛えられると思うけど」

「あ、そうか。じゃあ、みんな！まず林間学校の時に頑張ろうね」

しかし、林間学校は雄大にとって嬉しいものではなかったらしく、これを聞いて雄大は嘆いた。

「林間学校か。あれは全員参加だよな。でも、登山があるんだよなあ。俺にとって登山は辛いんだよなあ」

雄大の本音を聞いて、綺羅はいつものように明るく励ました。

「ねえ、雄大さん。登山は辛いけど、頂上まで行けば雄大な景色が見られるでしょ。名前が雄大なんだから頑張ってね」

「あれ、綺羅もしょうもないしゃれを言うんだ」

雄大が言い、みんながクスクスと笑った。俺はふざける綺羅を始めて見た。俺は以前は綺羅を遠くから女神様の様に見ていたんだけど、その頃のイメージとは違う綺羅の実物大の姿をみて、勉強会に誘われて本当に良かったと思った。勉強会で俺は綺羅たちともものすごく仲良くなれたんだ。

それと同時に、綺羅には少し腹黒い面があることも見えてきた。綺羅はまだ何か萌との対決を企んでいるようだけど、いったい何をしようとしているんだろう。


家に帰って、母ちゃんに今までよりずっと良くなった成績表を見せると、母ちゃんは、

「お前はなんて親孝行息子なんだ！」と叫び、

「これは祝杯をあげずにはいられないね」

といつものように冷蔵庫から発泡酒を取り出した。

「テストも終わったことだし、今日は、好きなだけゲームをしていいぞ。母ちゃんは寝てやるからな」

母ちゃんは晩飯の支度をしながら発泡酒を飲み続け、テーブルに食事を並べて俺と一緒に食べ終わると、隣の部屋の布団の上に横になり、いびきをかき始めた。

母ちゃんが寝てしまった後で俺はゲーム機を取り出した。テレビに繋いでスイッチを入れた時に携帯が鳴った。舞からのメールだと着信音で分か

った。急いで見てみるとこんなメールだった。

『きょうはおめでとう　成績良くなったね　やったじゃない　このままなら私たち同じ高校に行けるかも』

　俺は舞からのメールを読んで、『ありがとう　これからも一緒に同じ高校目指して頑張ろう』と返信した。そして、母ちゃんに見られると照れくさいので、この舞からのメールと俺の返信を削除した。それから、しばらくやらないでいた翔太から借りているゲームの続きを始めた。

　俺は、以前はこのゲームに出てくる姫を綺羅姫と呼んでいたが、これからは舞姫と呼ぶことにした。なぜかっていうと、それでいいような気がしたからだ。

　念のために言っておくけど、俺が『それでいいような気がした』という事実があるだけで、それ以上の深い意味はないんだぞ。本当だぞ。

俺たちリアル中二病患者
カンニング大作戦

2015年3月10日　初版第一刷発行
著者　川上 栄二
発行所　ブイツーソリューション
〒466-0848 名古屋市昭和区長戸町 4-40
電話　052-799-7391
ＦＡＸ　052-799-7984
発売元　星雲社
〒112-0012 東京都文京区大塚 3-21-10
電話　03-3947-1021
ＦＡＸ　03-3947-1617
印刷所　藤原印刷
万一、落丁乱丁のある場合は送料当社負担でお取替えいたします。
小社宛にお送りください。
定価はカバーに表示してあります。

 ISBN 978-4-434-19637-9